BÄREN IM Wald

K.C. WELLS

Dies ist eine erfundene Geschichte. Namen, Figuren, Orte und Begebenheiten entstammen der Fantasie der Autorin oder werden fiktiv verwendet. Ähnlichkeiten mit lebenden oder verstorbenen Personen, Firmen, Ereignissen oder Schauplätzen sind vollkommen zufällig.

Bären im Wald
Titel der Originalausgabe: Bears in the Woods
Copyright © 2021 von K.C. Wells
Ins Deutsche übertragen von Susanne Scholze
Cover Art by Meredith Russell
Foto: Ben Fink Productions

ISBN: 978-1-915861-36-8

Die Abbildungen auf dem Umschlag dienen lediglich illustrativen Zwecken. Alle abgebildeten Personen sind Models.

Produktnamen und Marken, die in diesem Buch erwähnt werden, sind das intellektuelle Eigentum der jeweiligen Hersteller und als solche gekennzeichnet.

Kapitel 1

„Also, haben Sie noch Fragen?"

Jim Traynor drehte sich um und lächelte Dave an, den fröhlichen Mann, der ihn zu seiner Hütte geführt hatte.

„Ich glaube nicht. Aber wenn ich noch welche habe, mit wem spreche ich dann – mit Ihnen oder mit den Besitzern?"

Dave gluckste. „Mit mir. Meine Nummer finden Sie da drin", sagte er, deutete auf den großen grünen Ordner auf dem Couchtisch und sah Jim fragend an. „Sind Sie zum Wintersport hier?"

Jim schauderte innerlich. Sport bedeutete Menschen. „Nein, ich suche nur etwas Ruhe und Frieden."

Dave zog die Augenbrauen hoch. „Nun, davon werden Sie reichlich bekommen. Dies ist eine von zehn Hütten, die ich betreue, und bis jetzt sind Sie diesen Winter der erste Gast."

Das wird ja immer besser.

„Direkt vor Ihrer Haustür gibt es viel zu erkunden. Da wären der Pine Mountain Lake, Sonora und die Mercer Caverns; und der Westeingang des Yosemite National Park ist nur zweiundzwanzig Meilen von hier entfernt." Dave lächelte wieder. „Sie haben die Qual der Wahl."

Jim hatte nicht die Absicht, irgendwelche

Besichtigungstouren zu unternehmen, aber er blieb höflich und erwiderte das Lächeln.

Als Dave keine Antwort bekam, räusperte er sich. „Na dann. Ich lasse Sie allein, damit Sie sich einrichten können. Sie wissen ja, wie Sie mich erreichen, wenn Sie mich brauchen."

„Ja, weiß ich. Und danke." Jim war bereits dabei, ihn zur Tür hinauszukomplimentieren.

Dave hielt an der Schwelle inne. „Stimmt das, was man mir gesagt hat? Sie sind einen Monat hier?"

„Das ist richtig."

Dave stieß einen langen Atemzug aus. „Mann, Sie müssen die Einsamkeit wirklich lieben."

Du hast ja keine *Ahnung.*

Mit einem fröhlichen Winken verließ Dave das Haus und Jim schloss die Tür. Er seufzte erleichtert auf. *Dann sehen wir uns die Hütte mal genauer an.*

Er hatte eine Liste von Anforderungen im Kopf, und bis jetzt erfüllte die Hütte alle seine Kriterien. Er hatte Internet – mieses, zugegebenermaßen, aber es würde gerade so ausreichen –, Strom und eine Kaffeemaschine, womit die für die Arbeit notwendigen Dinge abgedeckt waren. Der kleine Esstisch würde als Schreibtisch dienen, und wenn er bei der Arbeit einen inspirierenden Ausblick haben wollte, war da die kleine Veranda vor dem Wohnbereich, die auf den Wald hinausging. Allerdings würde er mehrere Schichten Kleidung anziehen müssen, denn Dezember in Yosemite bedeutete Schnee und Temperaturen zwischen plus fünf und minus sieben Grad. Als praktisch veranlagter Mann hatte er seine eigene Steckdosenleiste mit einem drei Meter langen Kabel mitgebracht, falls er den Laptop anschließen musste und keine Steckdose in der Nähe war. Er hatte sogar seinen eigenen Kaffeevorrat dabei, denn Gott bewahre, wenn er die Kaffeemarke, die der kleine Laden anbot, nicht mochte.

Der Wohnbereich war wie der Rest der Hütte in Kiefernholz gehalten. Es gab nicht viele Möbel, nur eine Couch und einen Sessel, einen Couchtisch, einen kleinen Esstisch mit zwei Stühlen am Fenster und einen Fernseher. In einer Ecke befand sich die Küche, nicht dass die viel zu bieten hatte, es gab nur einen Herd, eine Spüle und eine Mikrowelle, und natürlich die hochgeschätzte Kaffeemaschine. Geheizt wurde mit einem Gaskamin.

Das reicht völlig aus. Solange Jim einen Platz zum Arbeiten, Schlafen und eine Waschgelegenheit hatte, war er zufrieden.

Er ging durch das Badezimmer, das mit Wanne und Dusche ausgestattet war, ins Schlafzimmer. Auch hier war nur wenig Mobiliar vorhanden, ein Doppelbett, eine große Kommode und ein Stuhl, aber mehr brauchte er nicht. *Wenn ich Luxus wollte, hätte ich mir einen anderen Ort ausgesucht.* Die Hütte war einfach, hatte aber rustikalen Charme und war perfekt für Jims Bedürfnisse.

Er ging in den Hauptraum zurück, öffnete die Tür zum Balkon und trat hinaus. Jim betrachtete die schneebedeckten Bäume und atmete die kalte, frische Luft tief ein.

San Francisco war weit weg. Gott sei Dank.

Die vierstündige Autofahrt hatte einige Zwischenstopps beinhaltet. Yosemite war nur 170 Meilen entfernt, aber Jim konnte sich nicht daran erinnern, wann er das letzte Mal mehr als zwanzig Meilen gefahren war. Der Routenplaner auf seinem Handy hatte versucht, ihm Sehenswürdigkeiten entlang der Strecke anzuzeigen, aber Jim hatte sie ignoriert. Er wollte einfach nur ankommen und ganz bestimmt nicht bei jeder Touristenattraktionen anhalten.

Touristenattraktionen bedeuteten *Touristen*, sogar im Winter.

Jim seufzte. *Ich werde zu einem Griesgram.* Dann grinste er. *Damit kann ich leben.* Die einzigen Menschen, mit denen er regelmäßig zu tun hatte, waren sein Vermieter und seine Agentin, und auch nur dann, wenn es unbedingt nötig war. Wenn er mit Menschen interagieren wollte, tat er das durch Gary und Mick, seine großartigen Detektive.

Fiktive Charaktere schlugen Menschen aus Fleisch und Blut zweifellos um Längen.

Sein Magen knurrte, und Jim ging wieder hinein, um seinen Rucksack zu holen, in dem er ein paar Proteinriegel verstaut hatte. Er musste noch Lebensmittel einkaufen, und dann wäre alles Nötige erledigt. Jim öffnete seinen Rucksack und griff hinein, seine Finger strichen über das Notizbuch, das er mitgebracht hatte und dessen jungfräuliche Seiten danach schrien, mit seinen Ideen gefüllt zu werden.

Nur waren die Ideen bisher ein wenig... schwer fassbar gewesen.

War es das? Fühlt sich eine Schreibblockade so an? Wenn ja, dann war dies eine Premiere. In den zehn Jahren, seit er mit dem Schreiben angefangen hatte, hatte es ihm nie an Ideen gemangelt. Aber im Moment fühlte es sich an, als würde er durch eine Wüste reisen, ohne Orientierungspunkte oder irgendetwas anderes, das den dringend benötigten Funken der Kreativität entzündete.

So konnte es nicht weitergehen. Er hatte ein Buch zu beenden, Herrgott noch mal. Das Buch, in dem er Gary und Mick bildlich gesprochen in den Sonnenuntergang reiten ließ, nachdem sie jahrelang fiktive Verbrechen aufgeklärt hatten. Nicht, dass es darüber nicht ein paar Auseinandersetzungen mit seiner Agentin Valerie York gegeben hatte. Wenn es nach ihr gegangen wäre, würden

Gary und Mick noch Verbrechen aufklären, wenn sie weit über achtzig waren.

Jim ließ sich auf die bequeme Couch sinken, die Einkäufe waren für den Moment vergessen. Er konnte es Valerie nicht verübeln, dass sie eine Fortsetzung der Serie wollte. Immerhin hatte das seinen Namen bekannt gemacht – na ja, Dayton O'Connells Namen: Niemand hatte eine Ahnung, wer Jim Traynor war. Drei Veröffentlichungen pro Jahr, regelmäßig wie ein Uhrwerk, und zwanzig davon auf der Bestsellerliste der New York Times.

Ja, er konnte wirklich verstehen, warum sie nicht wollte, dass diese spezielle Gelddruckmaschine dauerhaft zum Stillstand kam. Aber Jim hatte genug. Er wollte etwas anderes schreiben. Etwas *völlig* anderes.

Das einzige Problem war, dass er keine Ahnung hatte, was das sein konnte.

Jim stieß einen Seufzer aus. *Lebensmittel. Schriftsteller müssen essen, schon vergessen?* Keine Ideen zu haben, würde warten müssen.

Gott, *ist das ruhig hier.*

Nach dem Lärm und der Hektik San Franciscos war die Stille ein Schock. Aber es war gar nicht still. Als er auf dem Balkon stand und in die Dunkelheit starrte – und es war so *richtig* finster da draußen –, drangen nach und nach Geräusche zu ihm durch: der Wind in den Bäumen, das Rufen von Eulen und das Rascheln um ihn herum, verursacht von (hoffentlich) kleinen, (hoffentlich) harmlosen Kreaturen. Als seine Augen sich an die Dunkelheit gewöhnt hatten, sah Jim nach oben und hielt den Atem an.

Oh mein Gott, die Sterne.

Es war, als hätte man den Himmel mit Staub besprenkelt, und jedes Partikelchen und Stäubchen funkelte und leuchtete, manche größer und heller als andere, aber alle ehrfurchtgebietend. Jim starrte auf das riesige Himmelszelt über ihm und fühlte sich so unbedeutend wie eine Ameise. Dann erkannte er, dass, so dunkel der Himmel auch war, sich dort, wo keine Sterne zu sehen waren, dunklere Formen abzeichneten – die Umrisse der Bäume. Jim erinnerte sich an Robert Frosts Worte in seinem Gedicht *Der Berg*, und zum ersten Mal verstand er, was der Dichter gemeint hatte.

Demütig ging Jim zurück ins Haus und schloss die Türen. Er setzte sich auf die Couch, ein Glas Wein neben sich, und musterte den Laptop, der auf dem Tisch am Fenster stand. Er hatte den ganzen Tag kein einziges Wort geschrieben, aber das war nicht verwunderlich, wenn man bedachte, wie viel Zeit er mit der Fahrt, Einkaufen und Auspacken verbracht hatte. Die eigentliche Bewährungsprobe würde am nächsten Morgen kommen.

Werde ich so wie in den letzten Monaten aufwachen und wird mir wieder vor dem Tag grauen?

Jim wusste nicht, was nicht stimmte. Er wusste nur, dass ihm jedes Mal, wenn er vor dem Laptop saß, die Worte fehlten. Noch schlimmer war, dass er gerade mal einen groben Entwurf für die Handlung des Buches hatte, was ihm überhaupt nicht ähnlich sah. Valerie hatte erwartet, das Manuskript längst auf ihrem Schreibtisch zu haben. Immerhin hatte sie ihre drei Anrufe pro Woche inzwischen auf einen reduziert – sie hatte das drei Wochen durchgezogen, bevor sie offensichtlich gemerkt hatte, dass sie keine Wirkung zeigten. Aber als sie eine beiläufige Bemerkung darüber gemacht hatte, dem Alltag zu entfliehen, um Inspiration zu finden, hatte Jim einen Lichtschimmer am Ende des Tunnels gesehen.

Dem Alltag entfliehen. Aber was war das genau?

Der Teil war einfach. Der Alltag bestand aus Komplikationen, Schwachsinn, Lärm und einer nicht enden wollenden Parade beschissener Beziehungen, die in die Brüche gingen. Nicht seinen eigenen Beziehungen – Jim wusste es besser, als sich auf ein derartiges Durcheinander einzulassen –, sondern denen in seiner Umgebung, die in sein Leben eindrangen und seine sozialen Medien füllten. Dafür hatte Jim keine Zeit. Gefühle? Die raubten ihm nur Energie. Körperliche Beziehungen? Die brauchte er nicht, denn jede Beziehung dieser Art brachte Ballast mit sich, und das wollte Jim nicht. Nein, was er wollte, war Zeit zum Nachdenken, zum Durchatmen...

Seinen Geist leeren und auf Inspiration warten.

Die Hütte schien die perfekte Lösung zu sein. Jim hatte sorgfältig recherchiert und die großen Resorts mit Spielbereichen für Kinder, Livemusik, Tanzlokalen und so weiter vollkommen ignoriert. Er wollte Einsamkeit. Frieden.

Und so wenige Menschen wie möglich.

Als er die Hütten im Yosemite entdeckt hatte, war er fasziniert gewesen. Sie waren unterschiedlich groß, aber er wollte lediglich eine, die gerade groß genug für eine Person war. Nichts allzu Ausgefallenes – es war ja schließlich kein Urlaub. Und sie lagen weit voneinander entfernt, was Privatsphäre bot.

Perfekt.

Die Hütten gehörten Julian und Michael Ingram, und auf

der Website war ein Foto des Paares zu sehen gewesen – dass sie verheiratet waren, konnte man aufgrund der zueinander passenden Eheringe vermuten. Sie waren ein attraktives Paar, beide vielleicht Anfang fünfzig, mit Bärten, die eher grau als schwarz waren, und durchdringenden Augen, die Jims Aufmerksamkeit erregten. Er war sich nicht sicher, ob sie auf dem Gelände wohnten, da dies nicht erwähnt wurde, aber er nahm an, dass sie es nicht taten, wenn Dave sich um die Hütten kümmerte.

Jims erster Gedanke hatte ihm ein Lächeln entlockt. *Was sagt man dazu? Es gibt tatsächlich Bären in diesen Wäldern.* Sein nächster Gedanke war, dass sie hoffentlich nicht die Art von Besitzern waren, die einfach unangemeldet vorbeikamen, nur um sich zu vergewissern, dass es ihm gut ging.

Er nippte an seinem Wein und seine Aufmerksamkeit wanderte zu dem Notizbuch, das er auf den Couchtisch gelegt hatte. Es lag da und verhöhnte ihn. Er konnte es fast hören. *Mach schon – öffne mich. Schreib etwas. Du traust dich ja doch nicht.*

Jim seufzte schwer. *Sind alle Schriftsteller mit einer derart wilden Fantasie gesegnet?* Nicht, dass er sich jemals mit anderen Schriftstellern traf, um das herauszufinden. Jim lebte zurückgezogen. Er gab keine Interviews. Er postete nichts online. Auf Instagram existierte er nicht. Es hatte seinen Verkäufen nicht geschadet – die Öffentlichkeit stürzte sich trotzdem auf seine Bücher – also dachte er sich: *Wenn etwas funktioniert, lässt man lieber die Finger davon.* Valerie hatte schon lange die Hoffnung aufgegeben, ihn in dieser Hinsicht zum Nachgeben zu bewegen.

Er hatte sich davor gefürchtet, dass Dave ihn fragen würde: *Und was machen Sie beruflich?* Denn Jim war ein wirklich schlechter Lügner. Wie oft hatte er sich gewünscht, er könnte mehr wie Gary sein, sein gutaussehender schwuler Detektiv, der Engel zum Weinen bringen konnte, wenn er sprach. Gary war nie nervös oder um Worte verlegen. Gary konnte jemandem in die Augen sehen und überzeugend lügen.

Ja, aber Gary ist nicht real, schon vergessen? Und Gary ist im Begriff, getötet zu werden – metaphorisch gesprochen. Er und *Mick.*

Jim hatte genug von ihnen. Er hatte es satt, über dieses Ehepaar zu schreiben, das sich jetzt noch genauso liebte wie an dem Tag, an dem sie einander – auf dem Papier – zum ersten Mal begegnet waren. Er war es leid, bestimmte Szenen auszublenden und die Schlafzimmertür hinter ihnen zu schließen. Gary und Mick hatten keinen Sex, weil das von der Geschichte ablenken würde, das behauptete er Valerie gegenüber jedenfalls immer wieder, wenn sie ihn bat, die Bücher mit Sex zu füllen. Jim schrieb keine erotischen Thriller, hatte er ihr gesagt – er schrieb Detektivgeschichten, in denen Gary und Mick die Bösewichte immer überlisteten und in denen es keine Rolle spielte, was sie hinter verschlossenen Türen taten – das ging niemanden außer ihnen selbst etwas an. Das war zwar keine Lüge, aber es war auch nicht die ganze Wahrheit.

Jim konnte nicht über Sex, Liebe oder Zuneigung schreiben. Es würde sich falsch anfühlen. Sicher, er könnte es vortäuschen. Es gab genug Bücher, die schwule Sexszenen enthielten, von denen er sich inspirieren lassen konnte, aber das fühlte sich... falsch an. Und es lief alles auf eine Sache hinaus.

Wie zum Teufel kann ich überzeugende Sexszenen schreiben, wenn ich keinen Sex habe?

Kapitel 2

Julian Ingram räkelte sich unter der Bettdecke, als sein Mann Michael mit zwei Bechern heißer Schokolade ins Schlafzimmer kam. „Ich muss in einem früheren Leben ein wirklich guter Mensch gewesen sein, um dich verdient zu haben", murmelte er.

Michael schmunzelte nur, als er die Tassen auf dem Nachttisch abstellte und ins Bett kletterte. Julian kuschelte sich an ihn, bis Michaels kalte Füße seine berührten. Er fröstelte und Michael lachte. „Liebst du mich, liebst du auch meine kalten Füße."

Julian schnaubte. „Du hast Glück, dass ich dich liebe. Jeder andere wäre auf dem Teppich gelandet." Er reckte den Hals, um Michael anzuschauen. „War es ein guter Tag?"

„Ich glaube schon." Michael legte den Arm um Julian und drückte ihn fest an sich. „Es wird wunderschön, wenn es fertig ist."

„Wie viele Stücke brauchst du noch?", fragte Julian. Michael hatte den ganzen Tag in seinem Atelier hart gearbeitet und mittags nur Pause gemacht, um einen Happen zu essen. Julian hatte um sieben Uhr gegen die Tür gehämmert. Er wusste, wenn er Michael sich selbst überließ, würde er rund um die Uhr arbeiten. Nicht, dass Julian die Skulptur zu Gesicht bekommen hätte, an der

Michel derzeit arbeitete. Das erlaubte er erst, wenn sie fertig war.

Julian machte es mit seinen Gemälden genauso. Michael wusste es besser, als die Schwelle seines Ateliers zu überschreiten.

„Vielleicht noch drei zusätzliche Bären. Du weißt, die verkaufen sich immer. Dann muss ich mir überlegen, was ich noch machen möchte." Michael lächelte. „Ich habe ein wunderschönes Stück Holz. Es schreit förmlich danach, ein Akt zu werden."

Julian gluckste. „Ich arbeite momentan an einem." Er hatte Fotos von ihren Freunden Ben und Anthony, die er während ihres letzten Besuchs im Sommer gemacht hatte. Julian war mit ihnen in den Wald gegangen und hatte sie dann überredet, sich auszuziehen. Nicht, dass er viel Überzeugungsarbeit hatte leisten müssen. Julian hatte die beiden an einen Baumstamm gelehnt fotografiert, Anthony hinter Ben, die Arme um ihn gelegt, während Bens Kopf an Anthonys Schulter lag. Sie strahlten einen solchen Frieden aus, waren so offensichtlich ineinander versunken, dass Julian sich selbst für einen Moment vergessen hatte. Sonnenlicht fiel durch das Blätterdach, tanzte auf ihren Körpern und verteilte Schattensprenkel auf ihnen.

Seine Wand war mit den Fotos zugepflastert, und ein paar hatte er oben an seine Staffelei gesteckt. Julian schätzte, dass er zu drei Vierteln fertig war, aber er wurde schon ganz aufgeregt.

Das Werk würde das Beste werden, was er je gemalt hatte.

Dann fiel es ihm wieder ein. „Ist der neue Gast angekommen?"

„Ja. Dave hat ihn heute Nachmittag eingecheckt."

„Und?", fragte Julian betont.

Michael lachte erneut. „Anscheinend würde er uns

gefallen. Und seien wir mal ehrlich. Dave kennt unseren Geschmack mittlerweile."

Julian legte seinen Kopf auf Michaels breite Brust. „Ich nehme mal an, zu hoffen, dass er schwul ist, wäre zu viel verlangt."

Michael schnaubte. „Wow. Du willst dein Weihnachtsgeschenk dieses Jahr *wirklich* früher haben, oder?" Er wärmte seine Hand erst an seiner Tasse, dann schob er sie unter die Bettdecke und streichelte Julians Brust.

„Siehst du? Ich wusste, es gibt einen Grund, warum ich dich mag", sagte Julian und seufzte zufrieden.

„Du *magst* mich also nur?" Plötzlich wurden die sanften Finger vorwitzig, und Julian zuckte zusammen, als Michael ihn am Bauch kitzelte.

„Hey, lass das!" Er bedachte Michael mit einem finsteren Blick. „Ich dachte, dazu wären wir zu erwachsen."

Michaels Augen funkelten. „Man ist nie zu alt, um gekitzelt zu werden. Man reagiert nur langsamer." Er hörte jedoch auf, und Julian kuschelte sich erneut an ihn.

„Und es ist nichts falsch daran, ein bisschen Spaß zu wollen. Es ist Winter. Wir müssen uns den Spaß holen, wo wir ihn bekommen können."

„Oh, ich habe nichts gegen etwas Spaß", bemerkte Michael, „solange du dich an die Regel erinnerst."

Julian verdrehte die Augen. „Es geht dir um Grant, nicht wahr? Wir haben uns doch nur geküsst." Himmel, das war zwei Monate her. Grant hatte sich für eine Woche eingemietet, und oh mein *Gott*, war er süß gewesen. Besser als süß – er war absolut *perfekt*. Jede Menge Pelz, ein Bart und ein Bauch, der danach verlangte, dass Julian seinen Kopf darauflegte. Er war an seinem ersten Abend auf einen Cocktail gekommen und für viel mehr geblieben. „Und ich glaube, mich zu erinnern, dass *du* seinen pelzigen Hintern während seines Aufenthalts mehrmals genossen hast." Und *was* für einen Hintern. Julian hätte dieses enge kleine Loch bis ans Ende aller Zeiten lecken können.

„Oh, es war wunderbar, ihn zu ficken, da kann ich nicht widersprechen." Michael durchbohrte ihn mit einem harten Blick. „Ich habe ein Problem damit, dass du in seiner Hütte warst, als du ihn zum ersten Mal geküsst hast. Ohne mich. Und ich dir nur auf die Schliche gekommen bin, weil er sein Handy auf unserem Couchtisch vergessen hatte und ich rübergegangen bin, um es zurückzubringen, und euch beide beim Knutschen erwischt habe." Er seufzte. „Du *weißt*, dass ich nichts dagegen habe, wenn du andere Männer küsst – solange ich dabei bin." Er hob Julians Kinn mit zwei Fingern an und sah ihm in die Augen. „Tu mir den Gefallen. Wie lautet die Regel?"

Julian seufzte. „Wir spielen gemeinsam und nur dann, wenn wir uns beide zu dem Kerl hingezogen fühlen – oder den Kerlen", fügte er lächelnd hinzu. Nicht, dass die Regel so furchtbar war. Sie hatte während der letzten fünfundzwanzig Jahren für sie beide funktioniert. In dieser Zeit hatten sie miterlebt, wie viele Beziehungen in ihrem Freundeskreis auf der Strecke geblieben waren, während die ihre überdauert hatte.

Die Regel funktioniert, daran bestand kein Zweifel. Julian führte die Langlebigkeit ihrer Beziehung auf drei Dinge zurück: Kommunikation, Erwartungen und Ehrlichkeit. Sie waren glücklich miteinander, und was sie hatten, war solide. Aber gelegentlich machten schwule Männer hier Urlaub, und wenn es zwischen ihnen funkte, luden Julian und Michael ihn – oder sie – in ihr Bett ein. Das machte Spaß und es gab keinerlei Verpflichtungen, sie waren einfach nur Männer, die einander genossen.

Dann fuhren die Gäste wieder ab, und Julian und Michael kehrten zu ihrem glücklichen Leben zurück. Sie hielten nicht ständig Ausschau nach dem nächsten Mann. Ein gelegentlicher Dritter – oder ein Paar – war hin und wieder einfach das Sahnehäubchen auf dem Kuchen.

Ja. Es funktioniert.

Michaels sanftes Streicheln über seinen Bauch und seine Brust funktionierte auf jeden Fall. Nicht, dass Julians Schwanz viel Ermutigung gebraucht hätte: Der Anblick des nackten Michael reichte aus.

Das kann doch nicht schlecht sein, oder? Er ist zweiundfünfzig, ich bin fünfzig, wir sind seit einem Vierteljahrhundert zusammen, und er macht mich immer noch scharf. Oh Mann, Michael schaffte das allein mit einem Blick. Mit dem Blick, der sagte: *Schaff deinen Arsch ins Schlafzimmer, weil ich in weniger als fünf Minuten in dir sein muss.*

Julian lächelte. *Als würde Michael jemals so lange brauchen, wenn er geil ist.* „Kannst du dich erinnern, ob es jemals jemanden gab, den wir *nicht* beide attraktiv fanden?"

Michael strich sich nachdenklich über den Bart. „Jetzt, wo du es erwähnst..." Er gluckste. „Okay. Du hast mich erwischt."

„Und du weißt, dass ich dir von dem Kuss mit Grant erzählt hätte, nicht wahr?" Es gab keine Geheimnisse. Das war die ungeschriebene Regel, eine, die Julian nie gebrochen hatte. Geheimnisse waren eine Katastrophe für eine Beziehung, denn sie hatten die Angewohnheit, immer irgendwie ans Licht zu kommen, und das nie auf eine gute Art.

Michael küsste ihn auf die Stirn. „Ich weiß, Babe." Er hielt inne. „Dave sagte, er hat den Eindruck, dass dieser hier sich selbst überlassen werden will."

Julian brauchte ein oder zwei Sekunden, um zu begreifen, dass sie wieder über ihren neuen Gast sprachen. *Man sollte meinen, ich hätte mich inzwischen an seine Gedankensprünge gewöhnt.* Michaels Schmetterlingshirn hüpfte ohne Vorwarnung von einem Thema zum nächsten. „Ah, verstehe. Also nicht bei ihm vorbeischauen, um ihn für morgen Abend auf einen Cocktail einzuladen? Oder auf einen Glühwein, was bei den aktuellen Temperaturen wahrscheinlich eine bessere Idee wäre."

„Lieber nicht. Er hat deutlich gemacht, dass er wegen des Friedens und der Einsamkeit hier ist, also sollten wir uns von ihm fernhalten."

Etwas rührte sich in Julians Hinterkopf. „Warte mal. Ist er der Gast, der eine Vereinbarung für einen einmonatigen Aufenthalt ausgehandelt hat?" Bisher war noch nie jemand so lange geblieben.

„Genau der. Er wird also auch über Weihnachten bei uns sein."

Julian blinzelte. „Da werden wir ihn doch bestimmt nicht allein lassen, oder? Wer *ist* dieser Kerl, der Grinch?"

Michael lachte. „Ach du lieber Gott. Ich kann jetzt schon hören, wie dein Gehirn arbeitet." Er umfasste noch einmal Julians Kinn und sah ihm in die Augen. „Lass. Ihn. Zufrieden. Verstanden?"

Julian seufzte. „Verstanden." Er verdrehte die Augen. „Spielverderber."

„Jemand muss ja ein Auge auf dich haben." Dann lächelte Michael, als eine wuschelige Gestalt mit einem dumpfen Geräusch auf ihrem Bett landete. „Na, hallo, Buster Bear. Hast du beschlossen, uns heute Nacht Gesellschaft zu leisten?"

Ihr drahtiger kleiner, brauner Patterdale Terrier, der um die Schnauze herum bereits grau wurde, kroch das Bett hoch und tapste über sie hinweg, bis er auf Höhe ihrer Brust ankam. Julian kraulte Buster hinter den Ohren. „Ist es dir in deinem Bett zu einsam geworden? Ist es das?"

Buster ließ sich auf Michaels Brust plumpsen und stieß seinen Kopf unter Michaels Kinn, woraufhin Julian gluckste. „Mach es dir nicht zu gemütlich, Buster. Du wirst nicht lange dort bleiben wollen."

„Warum nicht?", fragte Michael mit einem Stirnrunzeln. Dann grinste er. „Du hast Pläne, hm?"

Julian sagte nichts, sondern beugte sich zu ihm hinüber und küsste ihn, sog den vertrauten Duft seines Mannes ein und genoss das sanfte Kratzen von Michaels Bart an seiner Wange. Dann rollte er sich gemächlich herum, bis er mit dem Gesicht nach unten lag, das Becken einladend angewinkelt.

Er hörte Michael glucksen. „Oh, ich seh schon. Du hast *definitiv* Pläne." Julian hörte den leisen Aufprall von vier Pfoten auf dem Teppich. „Tut mir leid, Buster." Nicht, dass Buster überhaupt geblieben wäre. Er würde zurückkommen, wenn ihr Liebesspiel beendet war. Dann lag Michael auf Julian und drückte seine Lippen in einem zärtlichen Kuss auf Julians Schultern. „Du brauchst mich?", flüsterte er.

Julian drehte seinen Kopf, um den Kuss zu erwidern, der, wie er wusste, auf ihn wartete. „Immer", flüsterte er zurück, bevor Michael ganz langsam und genüsslich seine Lippen eroberte.

Michaels Atem kitzelte sein Ohr. „Sag mir, was du willst."

Fuck. Julian liebte den Austausch, der bei ihnen immer dem Liebesakt vorausging. Er schauderte. „Ich will dich in mir spüren."

„Wo ich hingehöre?" Michael gab seinen Mund frei und zog eine Spur von Küssen an Julians Wirbelsäule entlang nach unten.

„Wo du hingehörst", schwor Julian. Er erbebte, als Michael seine Hüften weiter anhob, bevor er seine Pobacken auseinanderzog. Er blies sanft auf Julians Loch, was eine Welle der Vorfreude in ihm auslöste. Julian spreizte seine Knie so weit wie möglich, um Michael einzuladen, und die erste Berührung von Michaels Zunge entlockte ihm wie immer ein leises Stöhnen.

Julian stützte sich auf die Ellbogen und sah in den Spiegel an der Wand oberhalb ihrer Kissen. Ihm stockte der Atem bei Michaels Anblick, der das Gesicht in Julians Spalte vergrub, und sein Schwanz wurde von den anerkennenden Geräuschen steinhart, die Michael von sich gab, als er tief in ihn eintauchte. Michaels Blick begegnete seinem, blieb auf Julian haften, während er ihn rimmte und seine Finger sich in das feste Fleisch von Julians Hintern gruben. Julian bewegte rhythmisch die Hüften und genoss das Gefühl von Michaels Zunge an seinem Loch.

Dann war es vorbei, und Michael kroch an Julians Körper nach oben, den Blick immer noch auf Julians Spiegelbild gerichtet. „Bereit für mich?" Michaels schwerer Schwanz glitt zwischen Julians Arschbacken und bewegte sich in einem aufreizend langsamen Tanz über sein Loch.

„Quälgeist." Julian griff nach dem Gleitmittel und reichte es ihm. Er hielt den Atem an und wartete auf das erste Eindringen, das ihn immer vor Lust erschaudern ließ. Michael brachte seinen Schwanz in die richtige Position, dann strichen seine Lippen hauchzart über Julians Nacken, als er in ihn eindrang, so langsam, als hätten sie alle Zeit der Welt.

Julian seufzte genüsslich auf, als Michael sich bis zum Anschlag in ihm versenkte. „Willkommen zu Hause", flüsterte er.

Michael verlagerte sein Gewicht auf die Hände und begann mit diesem köstlichen, langsamen Rein-und-Raus, ihre Blicke hielten einander in der Spiegelung fest, während er Julian liebte. Die Luft war erfüllt von leisen

Seufzern und gemurmelten Liebesbezeugungen. Die rhythmische Bewegung von Michaels Hintern, während er in ihn eindrang, das langsame Rollen seiner Hüften, als er Julian wieder und wieder ausfüllte, war hypnotisierend. Julian verlor sich in dem sinnlichen Rhythmus und genoss das Stocken von Michaels Atem, als Julian seine Muskeln um den dicken Schaft anspannte, der ihn so herrlich dehnte.

„Bald, Babe", flüsterte Michael.

Julian nickte, denn er spürte, dass Michaels Stöße ein wenig schneller wurden. Julian wiegte sich mit ihm und drückte sich nach oben, Michaels Schwanz entgegen. Als Michael kam, stieß er einen Seufzer aus, während er Julian füllte, die Arme fest um Julians Schultern gelegt, um sich zu verankern.

Als Michael wieder zur Ruhe gekommen war, zog er sich aus Julian zurück und drehte ihn auf den Rücken. Julian schrie leise auf, als Michael seinen Schwanz tief in den Mund nahm, und es dauerte nicht lange, bis er sich in Michaels Mund ergoss. Julian erschauderte, als Michael ihn mit seiner Zunge säuberte und sich dann neben ihm ausstreckte.

„War das, was du gebraucht hast?" Michael küsste Julians feuchte Brust.

„Eindeutig." Julian warf einen Blick auf die Tassen. „So viel zu der heißen Schokolade."

„Ich kann sie aufwärmen, während du dich wäschst." Michael küsste ihn auf die Stirn, bevor er aus dem Bett stieg und sich auf den Weg in die Küche machte. Als Julian aus dem Bad kam, wartete Michael bereits auf ihn. Julian stieg ins Bett und streckte die Hand nach seiner Tasse aus.

„Was wissen wir über diesen Gast?" Julian versuchte, lässig zu wirken, aber sein Interesse war geweckt.

„Nicht viel. Er hat das Feld für weitere Informationen nicht ausgefüllt, als er die Hütte reserviert hat, so viel weiß ich." Michael warf Julian einen strengen Blick zu. „Muss ich mich wiederholen? Lass ihn in Ruhe."

Julian stieß einen übertriebenen Seufzer aus. „Sicher." Er nippte an seiner Schokolade und überlegte, wie er ganz aus Versehen bei ihrem geheimnisvollen Gast hereinschneien konnte.

Ihm würde schon etwas einfallen, da war er sich sicher.

Kapitel 3

Wenn die Sonne aufging, stand Jim ebenfalls auf. Punkt.

Das war eine der Routinen, die für ihn funktionierten, und er sah keinen Grund, sie zu ändern. Außerdem war der Sonnenaufgang mitten im Wald nicht mit dem Sonnenaufgang in San Francisco zu vergleichen. Das Gefühl des Friedens war überwältigend, und er stand auf dem Balkon, eine Tasse Kaffee in der Hand, nippte an dem frisch gebrühten Getränk der Götter und genoss die nahezu völlige Stille.

Es dauerte jedoch nicht lange, bis er den Ruf des Laptops vernahm.

Er hatte Arbeit zu erledigen. Er hatte ein Buch zu beenden. Anhand seiner Notizen wusste Jim, dass er etwa fünf Kapitel vor dem Ende stand. Noch fünf Kapitel und dann *Au revoir*, Gary und Mick Buchanan. *Oder müsste es Adieu heißen?* Er war hin- und hergerissen zwischen Bedauern und Vorfreude. Immerhin waren die fiktiven Detektive zehn Jahre lang ein Teil seines Lebens gewesen. Er kannte jede Facette ihres Lebens, alle niedergeschrieben in seiner Bibel, einem stabilen Notizbuch, in dem er seine Notizen über sie festhielt. Das Einzige, was er noch nicht entschieden hatte, war das letzte Kapitel – ihr Ausstieg. Dieser Teil entzog sich ihm noch immer. Es war ihm mehrmals in den Sinn gekommen, dass das wohl so war, weil er sie ganz tief in seinem Inneren nicht gehen lassen wollte.

Jim versuchte, dieses Gefühl zu ignorieren.

Nach dem Frühstück würde er mit der Arbeit beginnen, und er war mehr als bereit dafür. Jim stellte die Pfanne auf den Herd und nahm den Bacon aus dem Kühlschrank. Es dauerte nicht lange, bis der köstliche Duft die kleine Hütte erfüllte und Jim das Wasser im Mund zusammenlief. Die Eier waren schon aufgeschlagen und bereit, in die Pfanne gegeben zu werden, sobald der Bacon fertig war.

Der Speck war fast soweit, als ein leises Winseln an seine Ohren drang. Jim hielt inne und lauschte aufmerksam. Da war es wieder, dieses Mal begleitet von einem Kratzen.

Oh mein Gott! Draußen ist ein Bär, der in die Hütte zu gelangen versucht.

Dann überdachte er das noch einmal. Er konnte nicht behaupten, Bärenexperte zu sein, aber soweit er wusste, winselten Bären nicht. Als ein weiteres Winseln erklang, diesmal lauter, gefolgt von weiterem leisen Kratzen, nahm Jim all seinen Mut zusammen und ging zur Tür. Er musste es wissen. Er schloss auf, drehte den Knauf und öffnete sie einen Spalt, damit er hinausspähen konnte.

Nichts.

Dann erklang das Winseln erneut, und er schaute nach unten. Ein kleiner brauner Hund saß auf der Matte und sah ihn erwartungsvoll an.

Jim öffnete die Tür, und der Hund trottete in die Hütte, ging direkt auf den Herd zu und setzte sich dann davor und leckte sich die Lefzen.

Jim konnte sich ein Lächeln nicht verkneifen. „Tja, guten Morgen."

Der Hund wedelte mit dem Schwanz.

Mehr Einladung brauchte Jim nicht. Er ging zum Herd

hinüber, hockte sich hin und streichelte dem Tier den Rücken entlang über das drahtige Fell. „Hallo du. Hast du einen Namen?" Der Hund trug ein Halsband, aber Jim hatte keine Gelegenheit, nach einer Marke zu suchen, bevor der Hund die Pfoten auf Jims Knie legte und sich zu ihm hochreckte.

Jim lachte. „Versuchst du jetzt, mir einen guten Morgen wünschen, oder willst du näher an den Bacon ran?" Er tippte auf Letzteres, obwohl er nicht leugnen konnte, dass der Hund ein freundlicher kleiner Kerl war. Nach dem Grau um die Schnauze herum zu urteilen, war er auch nicht mehr der Jüngste.

„Buster!"

Jim erstarrte, als draußen ein Ruf ertönte. Auch der Hund spitzte die Ohren. „Hört sich an, als würde jemand nach dir suchen." Er blickte den Hund an. „Ist das dein Name? Buster?"

Die Ohren des Hundes zuckten, und der Schwanz nahm Fahrt auf.

Er lachte wieder. „Hallo, Buster. Freut mich, deine Bekanntschaft zu machen."

„Buster!" Die Stimme klang jetzt näher.

Jim seufzte. *Sieht aus, als bekäme ich gleich Gesellschaft.* Gott sei Dank hatte er sich angezogen. Er richtete sich auf und starrte den Hund an. „Ich denke, es kann nichts passieren, wenn ich an die Tür gehe. Du kommst auf keinen Fall an den Herd heran." Er ging zur Hüttentür und rief: „Hallo? Ich glaube, was – oder eher *wen* – Sie suchen, ist hier bei mir."

Eine Minute später erklomm ein großer, grauhaariger Mann die Stufen zur Hüttentür. Er trug eine dicke Jacke und einen roten Schal, und in der Hand hielt er eine Leine. Jim erkannte ihn von dem Foto auf der Website – er war einer der Besitzer.

Der Mann warf ihm einen entschuldigenden Blick zu. „Es tut mir so leid. Belästigt Buster Sie?"

Jim gluckste. „Buster benimmt sich einfach nur wie ein Hund. Ich glaube, der Geruch des Specks hat ihn hergelockt." Er erstarrte. „Oh Gott, der Speck." Er rannte in die Hütte zurück, gerade rechtzeitig, um den Rauch aus der Pfanne aufsteigen zu sehen. „Oh, Mist." Jim eilte zum Herd und schaltete ihn ab.

Der Speck war ziemlich... kross.

Der Mann kam in den Küchenbereich und sah Buster missbilligend an. „Du hast ihn abgelenkt, nicht wahr?" Buster stand im Nu vor dem Mann, streckte sich, die Vorderpfoten auf den Knien des Mannes, und wedelte mit dem Schwanz. Der Mann nahm ihn auf die Arme und bekam einen Hundekuss.

Der erste Gedanke, der Jim durch den Kopf schoss, war, dass er wenigstens nicht der Einzige war, der mit Hunden sprach, als wären sie Menschen. Der zweite war, dass sein Gastgeber ein gutaussehender Mann war. Doch bevor er ein Wort sagen konnte, streckte der Mann eine Hand aus, mit der anderen hielt er Buster.

„Hallo. Ich bin Michael Ingram."

Jim schüttelte ihm die Hand. „Sie sind einer der Besitzer."

Michael blinzelte. „Ja." Dann lächelte er. „Ah. Das Foto auf der Website. Und Sie sind Jim Traynor. Dem die Ehre gebührt, der einzige Gast zu sein, der einen so langen Aufenthalt gebucht hat." Er warf einen Blick auf die Pfanne, dann sah er Jim in die Augen. „Es tut mir so leid. Erlauben Sie mir, Ihnen Frühstück anzubieten, um Sie dafür zu entschädigen, dass Busters Sie zu einem so unpassenden Zeitpunkt gestört hat."

Einen Moment lang war Jim sprachlos. Er räusperte sich. „Schon in Ordnung. Das ist nicht nötig."

„Doch, ist es. Wenn Buster Sie nicht abgelenkt hätte..."

Jim hob seine Hand. „Ist schon okay, wirklich. Ich habe andere Sachen da, die ich essen kann." Die Eier, zum Beispiel. „Außerdem mache ich mich an die Arbeit, sobald ich gegessen habe. So bin ich eben, ein Gewohnheitstier." Und ein Gewohnheitstier zu sein, bedeutete, dass er nicht in seiner Routine gestört werden wollte.

Michael runzelte die Stirn. „Sie arbeiten? An einem Sonntag?"

Jim schnaubte. „Ich weiß nicht, wie es anderen Schriftstellern geht, aber ich denke nicht anders. Wenn ein Buch beendet werden muss, ist jeder Tag ein Arbeitstag." *Verdammt. Jetzt kommt's. Sie sind Schriftsteller? Wow. Was schreiben Sie denn? Könnte ich schon von Ihnen gehört haben?* Er wappnete sich für die Flut aufdringlicher Fragen. *Ich hätte meine dumme Klappe halten sollen.*

„Nun, vorausgesetzt, Sie arbeiten nicht bis Mitternacht... Darf ich Sie wenigstens einladen, heute Abend mit mir und meinem Mann einen Cocktail zu trinken?" Michael lächelte wieder. „Wir sind ebenfalls Gewohnheitstiere. Jeden Abend um sieben gibt es Cocktails. Sie sind herzlich eingeladen, uns Gesellschaft zu leisten. Das ist das Mindeste, was ich tun kann, um Sie dafür zu entschädigen, dass Sie auf Ihren Frühstücksspeck verzichten müssen."

„Ich habe mehr Speck, wissen Sie." Das kam schärfer heraus, als Jim beabsichtigt hatte, und er seufzte. „Entschuldigung. Es ist nur so, dass ich meinen Tag schon geplant habe."

Michael nickte. „Ich verstehe. Buster und ich halten Sie nicht länger auf." Er drehte sich um und ging auf die Tür zu und Jim folgte ihm, mit der Absicht sie abzuschließen, sobald sie außer Sichtweite waren. Michael hielt an der Türschwelle inne. „Aber falls Sie es sich anders überlegen... Erinnern Sie sich an den Eingang zum

Gelände? Nun, auf der rechten Seite ist ein Weg. Der führt zu unserem Haus. Sie können uns nicht verfehlen. Es ist das einzige Haus." Ein letztes Lächeln. „Und jetzt werde ich Sie wirklich in Ruhe lassen. Entschuldigen Sie bitte, dass wir Ihren Morgen gestört haben." Er warf noch einen Blick in Richtung Küchenbereich, seine Augen funkelten. „Sehen Sie es von der positiven Seite. Jetzt haben Sie Speckwürfel für einen Salat, falls Sie welche brauchen."

Und damit waren er und Buster verschwunden.

Jim holte tief Luft. Unter normalen Umständen hätte er ein solches Gespräch nicht begonnen – das war Busters Schuld gewesen. Und es hatte ihn wirklich nicht gestört, dass der süße, kleine Hund an seiner Tür gekratzt hatte. Michaels Einladungen zum Frühstück und auf einen Drink hatten ihn überrascht, und er hatte den Eindruck, dass Michael ein netter Kerl war.

Nicht, dass Jim irgendeine Absicht hatte, ihn näher kennenzulernen.

Er blickte auf den knusprigen Speck und musste lächeln. *Speckwürfel.* Das sagte ihm eines – Michael hatte Sinn für Humor. Dann beförderte er den Inhalt der Pfanne in den Müll und machte sich daran, mehr zu braten.

Vergiss den süßen kleinen Hund und seinen sexy Besitzer – du hast zu arbeiten.

Erst als die zweite Portion Bacon brutzelte, wurde ihm sein Gedanke bewusst. Michael war sexy, das war unbestritten.

Was Jim nun wirklich überraschte, war, dass er es bemerkt hatte.

Julian wischte seinen Pinsel an einem Lappen ab, als er von der Leinwand zurücktrat. Er hatte an den Hauttönen gearbeitet, und sie passten nicht richtig.

Das bedeutete in der Regel, dass es an der Zeit war, eine Pause einzulegen und später mit frischem Blick weiterzumachen. Er konnte sich eine Pause leisten – er hatte seit dem Morgengrauen gearbeitet, weil er das frühe Morgenlicht liebte – und es war sowieso Zeit fürs Frühstück.

Michaels leises Klopfen an der Tür überraschte ihn.

„Du kannst reinkommen."

Michael steckte den Kopf zur Tür herein. „Bist du sicher?"

Julian lachte. „Entspann dich. Dein Timing ist tadellos."

Michael betrat das Atelier, ohne auf die Leinwand zu sehen. Er wusste es besser. Wobei Julian keine derartige Diva war, dass er seinem Mann verbot, seine Arbeit zu betrachten, aber sie hatten eine Routine. Wenn Julian an den Punkt kam, an dem er das Gefühl hatte, dass er nur noch daran herumfriemelte, hatte Michael seine Erlaubnis einzugreifen und ihm zu sagen, dass er aufhören sollte, oder ihn darauf hinzuweisen, was zu tun war.

„Ich dachte nur, ich lasse es dich wissen." Michael lächelte. „Ich habe gerade unseren neuen Gast kennengelernt." Er hatte Buster auf dem Arm, der den Kopf wie immer unter Michaels Kinn geschoben hatte.

Julian fiel die Kinnlade herunter, und er warf Michael einen strengen Blick zu. „Hey, das ist nicht fair. *Du* hast gesagt, wir sollen ihn in Ruhe lassen." Er ahmte Michaels

Stimme nach. *„Muss ich mich wiederholen? Lass ihn in Ruhe."*
Michael verschränkte die Arme. „Komm mir nicht mit diesem Oberlehrertonfall. Und ich bin nicht absichtlich hingegangen. Buster ist seiner Nase gefolgt. Der Mann hat gekocht." Buster spitzte die Ohren, als er seinen Namen hörte.

Julian ging zu ihnen hinüber und kraulte Buster hinter den Ohren. „Buster, du braver Hund."

Michael kniff die Augen zusammen. „Du... Du hast ihm das doch nicht etwa beigebracht, oder?"

Julian starrte ihn an. „Als würde ich so etwas tun." Buster wurde erneut gekrault. „Was soll ich sagen? Wie der Vater, so der Sohn."

„Er hat Frühstücksspeck gebraten."

Julian verdrehte die Augen. „Nun, das erklärt alles. Unser kleiner Speckliebhaber hier wäre im Handumdrehen bei ihm aufgetaucht." Er legte Lappen und Pinsel ab und stemmte die Hände in die Hüften. „Und?"

Michael bedachte ihn mit einem unschuldigen Blick. „Und was?"

Julian sah ihn aus schmalen Augen an. „Du weißt ganz genau, was ich wissen will. Wie ist er denn so?"

Michael zuckte mit den Schultern. „Er scheint in Ordnung zu sein. Ein ziemlicher Workaholic, wenn du mich fragst. Buster hat ihn vom Kochen abgelenkt, also habe ich angeboten, ihm Frühstück zu machen, da sein Speck Holzkohle war."

Julian blinzelte. „Hat er angenommen?" Er schätzte ab, wie schnell er duschen konnte.

„Bevor du anfängst, Pläne zu schmieden, er hat abgelehnt. Er hat zu arbeiten."

Er blickte Michael finster an. „Du hättest ihn für heute Abend auf einen Cocktail einladen können."

Michaels Lippen zuckten. „Das habe ich. Aber ich habe

das Gefühl, er ist nicht interessiert."

„Er hat Arbeit zu erledigen? Was macht er denn?" Julians Interesse war geweckt.

„Er ist Schriftsteller, hat er gesagt."

„Und? Was schreibt er?" Mein Gott, das war, als würde man versuchen, Mäuse zu melken. Dann kam ihm der Gedanke, dass Michael sich absichtlich begriffsstutzig gab, denn das tat er ab und zu.

„Ich weiß es nicht, er hat es mir nicht gesagt, und ich habe nicht danach gefragt."

„Warum um alles in der Welt denn nicht?"

Jetzt war Michael an der Reihe, ihn mit einem strengen Blick zu bedenken. „Weil das zu neugierig gewesen wäre, und wir bereits wissen, dass er in Ruhe gelassen werden will. Oder etwa nicht?", fügte er in bedeutungsvollem Tonfall hinzu. „Und steigere dich da jetzt nicht rein. Er wird heute Abend nicht auftauchen."

„Woher weißt du das?" Nicht, dass Julian an Michaels Instinkten gezweifelt hätte. Normalerweise lag er damit richtig.

Wieder ein Schulterzucken. „Nur so ein Bauchgefühl." Er schaute Julian an. „Willst du jetzt essen oder zurück an die Arbeit?"

„Essen. Ich brauche sowieso eine Pause." Er tauchte seinen Pinsel ins Terpentin und reinigte ihn, bevor er ihn noch mal abwischte. Als sie das Studio verließen, beugte sich Michael vor und küsste ihn auf den Hals.

„Also, ist mir vergeben?"

„Wofür denn?"

Michael grinste. „Dafür, den ersten Blick auf unseren rätselhaften Gast erhascht zu haben."

„Ich schätze schon." Julian tat so, als würde er widerwillig zustimmen.

„Übrigens..." Ein weiterer sanfter Kuss. „David hatte

recht."

Er blieb stehen. „Womit?"

Das entlockte ihm ein weiteres Grinsen. „Er würde dir *wirklich* gefallen."

Julian wollte ihn gerade anfunkeln, als ihm die Bedeutung von Michaels Worten bewusst wurde. „Ha!", erklärte er triumphierend. „Das heißt, *dir* gefällt er auch." Das bestärkte ihn nur noch mehr in seinem Entschluss, diesen Mann kennenzulernen. Egal, wie.

Kapitel 4

San Francisco für eine Weile zu verlassen, war die beste Entscheidung aller Zeiten gewesen.

Er hatte vier Tage gebraucht, aber das Buch war endlich fertig. Und wie immer konnte er es kaum erwarten, es auf die Reise zu schicken. Er hatte es geschafft, Valerie am Vortag eine Nachricht zu schicken – als er Empfang gehabt hatte –, sodass sie wusste, dass es unterwegs war. Jetzt musste er es nur noch abschicken.

Aber es gab kein WLAN.

Nichts.

Nada.

Nullkommanichts.

Jim raufte sich die Haare.

Das Buch war aufgrund der verflixten Schreibblockade sowieso schon überfällig. Als er sich am Sonntagmorgen zum Schreiben hingesetzt hatte, war da, wie so oft in den letzten Monaten, ein kurzer Anflug von Angst gewesen, als die leere Seite ihn angestarrt hatte. Er hatte seine Notizen. Er wusste, was passieren sollte. Es ging nur darum, es irgendwie in Zusammenhang zu bringen. Was sich ihm entzog, waren die Dialoge. Ihm wollte einfach nichts einfallen. Aber dann hatte er ein paar Fetzen Geplänkel im Kopf gehört und sich beeilt, sie niederzuschreiben.

Der Damm brach, die sprichwörtlichen Schleusen öffneten sich, und ein Schwall von Worten strömte hindurch.

Gott sei Dank.

Aber was spielte das für eine Rolle, wenn er das verfluchte Buch nicht einreichen konnte?

Er hatte es damit versucht, die Verbindung zum Internet zu trennen und wiederherzustellen. Nichts. Verzweifelt schnappte er sich den Ordner und suchte nach Daves Nummer. Aber er landete nur auf der Voicemail.

Dave war nicht erreichbar.

Jim wusste, dass er sich erst entspannen konnte, wenn er das Buch auf den Weg geschickt hatte. *Und wenn der Berg nicht zum Propheten kommt...* Das ließ ihm nur eine Möglichkeit: Er musste den Berg selbst finden.

Die Besitzer werden wissen, was zu tun ist, oder? Verdammt, vielleicht haben sie sogar Internet.

Derart mit den Nerven am Ende, war Jim bereit, für ein wenig Seelenfrieden so ziemlich alles zu tun.

Er verstaute seinen Laptop in der Tasche, zog seinen dicken Mantel an, wickelte sich den Schal um den Hals, zwängte seine Füße in die Stiefel – Mann, er hatte seit seiner Ankunft vor sechs Tagen nichts anderes als Wintersocken getragen – und ging zur Tür.

Auf dem Weg durchs Gelände lag nur wenig Schnee, und Jim nahm an, dass jemand ihn irgendwann geräumt hatte. Er ging zügig durch den Wald und folgte den Wegweisern zum Ausgang, die hier und da aufgestellt waren. Er schätzte, dass es ungefähr zehn Minuten bis zum Eingang des Geländes waren. Als er dort ankam, spähte er den Weg entlang, aber es war keine Spur von einem Haus zu sehen. Da es aber der einzig erkennbare Weg war, musste es der richtige sein.

Jim ging die schmale, auf beiden Seiten von Bäumen

gesäumte Straße hinauf. Das Sonnenlicht fiel hier und da hindurch, und wo es auf den Boden traf, war der Schnee geschmolzen. Nach ein paar Minuten erblickte er schließlich ein Dach und ging darauf zu.

Als er die kleine Lichtung betrat, verschlug es Jim die Sprache. Das Haus war eine wunderschöne Mischung aus Holz und Glas, wobei ein Großteil der Vorderseite aus Fenstern bestand. Im Inneren erblickte er eine hohe Decke und etwas, das ein Zwischengeschoss zu sein schien. Um das Haus herum und auf der Einfahrt war der Schnee geräumt worden. Das Anwesen schien mit der Umgebung zu verschmelzen, eingebettet in die Bäume.

Es war die Art Haus, in dem er glücklich leben könnte, vermutete Jim.

Da er keine Eingangstür sehen konnte, schlenderte er zur Seite und entdeckte eine Veranda. Durch die Glastür erspähte er eine vertraute Gestalt und ging in die Hocke.

„Na, hallo, Buster."

Der freundliche kleine Hund kam zum Fenster und stemmte schwanzwedelnd die Vorderpfoten dagegen.

„Ist dein Daddy zu Hause? Nun, zumindest einer deiner Daddys?" Jim lächelte. *Sollte Buster antworten, würde mich der Schlag treffen.* Einfach an der Tür zu klingeln, wäre wohl ein guter Weg, das herauszufinden. Aber als niemand erschien, nahm er an, dass er aufgeschmissen war –, bis er leise klassische Musik hörte. Sie kam aus dem näher gelegenen der beiden Nebengebäude, die sich ein Stück vom Haus entfernt befanden. Beide hatten in etwa die gleiche Größe, ungefähr die einer Doppelgarage, beide hatten Giebel und an der Vorderseite befanden sich Fenster, die bis zu den Dachbalken reichten. Zwischen dem Haus und den beiden Gebäuden waren Wege freigeräumt worden.

Offenbar ist jemand zu Hause.

Jim war noch nicht bereit aufzugeben.

Es fühlte sich falsch an, durch das Fenster zu spähen, also ging er zu dem Gebäude hinüber und klopfte an die Seitentür. „Hallo?"

„Wer ist da?"

Jim dachte nicht, dass das Michaels Stimme war. „Jim Traynor. Ich wohne in einer Ihrer Hütten und ich habe ein Problem."

„Haben Sie versucht, Dave zu erreichen?"

Die Person, die da sprach, klang nicht verärgert, aber Jim hatte das Gefühl, dass er störte. *Das war eine schlechte Idee.* Er würde ins Auto steigen, in die nächste Stadt fahren und einen *Starbucks* oder einen Ort mit WLAN finden.

„Hören Sie, ist schon in Ordnung. Ich werde das selbst regeln. Tut mir leid, dass ich Sie gestört habe." Er ging weg, aber Sekunden später hörte er, wie die Tür geöffnet wurde.

„Warten Sie."

Jim drehte sich um. Das war Julian Ingram, und seinem Aussehen nach zu urteilen, war er Maler. Über seiner Kleidung trug er einen weißen Laborkittel, der mit verschiedenen Farben beschmiert war, und in einer Hand hielt er einen Lappen.

„Sie haben mich nicht gestört", sagte Julian. „Ich habe niemanden erwartet. Ich nehme an, Dave ist nicht zu erreichen?"

„Stimmt. Sie sind meine letzte Hoffnung", sagte er mit einem Lächeln.

Julian biss sich auf die Lippe. „Nun, es liegt mir fern, diese Hoffnung zu zerstören. Was ist das Problem?"

Jim erklärte die Situation, ohne ins Detail zu gehen, warum er so dringend WLAN brauchte.

Julian nickte. „Ja, der Router kann etwas launisch sein. Ich komme mit Ihnen und bringe das in Ordnung. Außerdem zeige ich Ihnen, was zu tun ist, wenn es wieder passiert."

„Oh nein, bitte. Sie sind doch bei der Arbeit."

Julians Lächeln schien aufrichtig zu sein. „Es ist sowieso an der Zeit, dass ich eine Pause einlege. Außerdem könnte Buster einen Spaziergang vertragen. Er ist schon den ganzen Tag im Haus eingesperrt. Ich hinterlasse nur kurz eine Nachricht für Michael, falls er gucken kommt. Nicht, dass das wahrscheinlich ist." Er neigte den Kopf in Richtung des weiter entfernten Nebengebäudes. „Er ist schon seit dem Morgengrauen zugange." Julian ging wieder hinein und kam eine Minute später mit einem Post-it zurück, das er an die Tür klebte. Er starrte es einen Moment lang an, dann ging er noch einmal hinein und kam mit einem Stück Klebeband zurück, mit dem er das Post-it sicherte. Julian grinste ihn an. „Die sind bekanntermaßen schlecht darin, an irgendetwas haften zu bleiben. Jetzt lassen Sie mich meine Jacke holen. Buster wird begeistert sein." Er grinste. „Sie kennen ihn schon, nicht wahr? Michael sagte, dass Buster dem Geruch Ihres Frühstücksspecks nicht widerstehen konnte." Er bedeutete Jim mit einer Handbewegung, ihm zu folgen. „Kommen Sie mit und warten Sie im Warmen."

Jim folgte ihm ins Haus, und die Veränderung der Temperatur war herrlich. Er wartete an der Tür, als ein sehr begeisterter Buster Julian begrüßte und sich ihm für Streicheleinheiten entgegenreckte. Jim war vielleicht kein großer Fan von Menschen, aber Tiere waren etwas anderes, und er vertraute ihrem Urteilsvermögen.

„Es dauert nicht lange", sagte Julian. „Ich muss nur kurz auf die Toilette." Er ließ Jim an der Tür zurück, Buster trottete hinter ihm her.

Offenbar musste Buster auch auf die Toilette.

Jim warf einen Blick auf seine Umgebung. Die Fenster und die hohe Decke verliehen dem Raum eine helle, luftige

Atmosphäre, und die dicken Teppiche auf dem Hartholzboden verstärkten diesen Eindruck noch. Er sah zum Zwischengeschoss mit dem Holzgeländer hinauf und überlegte, ob sich dort die Schlafzimmer befanden.

Darunter waren drei Sofas U-förmig um einen Holzofen herum platziert, und Jim war überrascht, dass kein Fernsehbildschirm zu sehen war. Ein quadratischer chinesischer Teppich bedeckte den Boden zwischen den Sofas, und in den Ecken standen kleine Holztische. Die Wände waren mit Gemälden bedeckt, und er fragte sich, ob es sich dabei um Julians Werke handelte. Jim konnte nicht widerstehen, sich die große Leinwand, die den größten Teil der Kaminbrüstung über dem Kaminofen bedeckte, genauer anzusehen, und ging hinüber.

Es war ein Bild von Michael, der auf einem großen Felsen auf einer Lichtung mitten im Wald saß, und er war nackt. Seiner Haarfarbe und den silbrigen Haaren auf seiner Brust nach zu urteilen, war es ein recht neues Gemälde. Was Jim am meisten beeindruckte, war das Gefühl des Friedens, das das ganze Bild erfüllte. Das Licht war unglaublich und verlieh seiner Haut einen warmen Schimmer.

„Das habe ich letztes Jahr gemalt."

Jim zuckte zusammen. Julian trat zu ihm, gekleidet in eine dicke Jacke und einen Schal. Er stellte sich neben Jim und blickte zu dem Bild hinauf.

„Sie sind sehr begabt." Er deutete auf die Wände. „Sind die alle von Ihnen?"

Julian nickte. „Einige stammen aus der Zeit vor fast dreißig Jahren, als ich mit dem Malen angefangen habe." Er lächelte. „Ich habe seitdem eine Menge gelernt." Julian neigte den Kopf in Richtung Tür. „Bringen wir Ihr WLAN wieder zum Laufen."

Jim folgte ihm aus dem Haus und den Weg entlang, Buster

trottete an seiner Leine vor ihnen her, schnüffelte am Gras oder untersuchte Baumstämme. Als er anfing zu ziehen, lachte Julian. „Also gut." Er bückte sich, löste die Leine, und Buster sauste auf der Stelle los, rannte ihnen voraus, bevor er zurückkam, Julian umkreiste und das Ganze dann immer wieder neu begann.

Jim lächelte. „Er erinnert mich an ein Poster, das ich mal gesehen habe. Darauf war ein fröhlicher Welpe und der Slogan *Lebe das Leben, als hätte jemand das Tor offen gelassen* abgebildet."

Julian gluckste. „Was Buster angeht, ist er immer noch ein Welpe, auch wenn er zwölf ist." Er warf Jim einen Blick zu. „Michael hat mir erzählt, dass Sie Schriftsteller sind."

„Ja." Jim machte sich auf die Fragen gefasst.

Julian sagte nichts, sondern bückte sich und hob einen klobigen Stock auf. „Hey, Buster. Schau mal, was ich gefunden hab."

Buster blieb mitten auf dem Weg stehen, warf einen Blick auf Julian und stürmte schwanzwedelnd auf ihn zu. Julian warf den Stock und Buster jagte ihm hinterher.

„Er bewegt sich immer noch wie ein Welpe", kommentierte Jim.

„Und solange wir ihm weiterhin Nahrungsergänzungsmittel für seine Hüften und Gelenke geben, wird das auch so bleiben." Julian wartete, während Buster zu ihm zurücklief, den Stock stolz im Maul tragend. „Guter Junge."

Jim hätte schwören können, dass Busters Schwanz vor lauter Wedeln gleich abfallen würde.

Julian warf den Stock erneut, und sie gingen weiter. „Ist mit der Hütte alles in Ordnung? Abgesehen vom WLAN natürlich."

„Alles bestens", versicherte Jim ihm. „Ruhe und Frieden sind genau das, was ich gebraucht habe."

„Wir lieben es hier." Julians Stimme war leise. „Wir vermissen den Lärm, den Schmutz, die vielen Menschen und den vielen Verkehr der großen Städte kein bisschen. Das Leben hier ist einfach perfekt."

„Inspiriert Sie das alles?" Jim deutete auf die Bäume um sie herum.

Julian nickte. „Es ist schwer, sich nicht inspirieren zu lassen, wenn man von so viel Schönheit umgeben ist." Er lächelte. „Wer weiß, wozu es Sie inspirieren wird?"

Jim hoffte auf genau das. Er hatte keine Ahnung, was ihn erwartete, jetzt, wo er die Reihe endlich beendet hatte. Es war ein bisschen beängstigend, wenn er ehrlich war.

„Wenn Sie sehen wollen, was die Gegend sonst noch zu bieten hat, zeigen wir Ihnen gerne alles." Julian grinste. „Wir müssen uns hin und wieder auch mal einen Tag freinehmen."

Es war ein nettes Angebot, aber Jim dachte nicht, dass er es in nächster Zeit annehmen würde. „Ich möchte mich nicht aufdrängen."

Julian winkte ab. „Das wäre nicht der Fall, das versichere ich Ihnen." Er warf Jim erneut einen Blick zu. „Vielleicht ist ein wenig Inspiration genau das, was Sie brauchen."

Zum ersten Mal seit langer Zeit fühlte sich Jim von jemandem wirklich gesehen und wusste nicht, wie er reagieren sollte.

Sie verfielen in ein angenehmes Schweigen, begleitet vom Zwitschern der Vögel und dem Rauschen der Bäume in der leichten Brise. Jim nutzte die Gelegenheit, seinen Gastgeber genauer anzusehen. Julian war kleiner als Michael, hatte kurzes graues Haar und einen gepflegten Bart und Schnurrbart. Michaels Augen waren blau, Julians waren braun. Die Art und Weise, wie er seine Jacke ausfüllte, zeugte davon, dass er viel Zeit mit Gewichtheben verbrachte, und insgesamt vermittelte er einen Eindruck von Solidität und ruhiger Selbstsicherheit. Jim musste zugeben, dass beide Männer gut aussahen.

Sie erreichten Jims Hütte, und anstatt die Holztreppe zu erklimmen, die zur Tür führte, ging Julian darunter zu einer anderen Tür, offensichtlich einer Art Keller. Er führte Jim hinein, und Buster folgte ihnen und schnüffelte an dem mit Brettern bedeckten Boden. Es gab nicht viel zu sehen, nur ein paar Trittleitern, Reinigungsmittel und ein paar Stühle.

„Der Raum ist nicht abgeschlossen." Julian zeigte auf ein Regal, in dem der Router stand. „Also, wenn das noch mal passiert, ziehen Sie dieses Kabel ab... dann das hier... dann stecken Sie sie wieder ein und drücken diesen Knopf hier oben auf dem Router. Warten Sie eine Minute und versuchen Sie es dann mit dem WLAN." Er seufzte. „Es kann ein wenig launisch sein. Man muss nur wissen, wie man es behandeln muss."

Jim holte sein Handy heraus und warf einen Blick darauf. „Hey", sagte er mit einem Lächeln.

Julian gluckste. „Ich schätze, es hat geklappt." Er ging Jim voran aus dem Raum und schloss die Tür. „Jetzt wissen Sie, was Sie beim nächsten Mal tun müssen. Und es *wird* ein nächstes Mal geben."

„Danke", sagte Jim aufrichtig. „Es tut mir leid, dass ich Sie von Ihrer Malerei weggeholt habe."

Erneut winkte Julian ab. „Kein Thema. Wie ich schon sagte, war es ohnehin Zeit für eine Pause. Außerdem hatte Buster so die Gelegenheit, Stöcke zu jagen."

Bei dem Wort Stöcke spitzte Buster die Ohren.

Julian lachte. „Okay, dann gehen wir mal noch ein paar mehr suchen." Er wandte sich an Jim. „Ich weiß, dass Michael Sie bereits auf einen Drink eingeladen hat, aber ich wiederhole die Einladung noch mal. Wir würden uns freuen, wenn Sie uns Gesellschaft leisten. Jetzt kennen Sie ja den Weg." Seine Augen funkelten.

Bevor Jim höflich ablehnen konnte, schnippte Julian mit den Fingern. „Komm schon, Buster. Überlassen wir Jim seiner Arbeit." Sie entfernten sich von der Hütte, Buster lief fröhlich kläffend voraus.

Jim schaute ihnen nach, bis sie außer Sichtweite waren, und eilte dann ins Haus, um den Laptop aufzuklappen und das Manuskript abzuschicken. Die Verbindung wurde hergestellt, er hängte die Datei an und schon war sein kostbares letztes Buch im Äther verschwunden.

Jim war das Verlustgefühl gewohnt, das mit jeder Abgabe einherging. Es war immer so ein Tiefpunkt, und einen Moment lang wusste er nicht, was er als Nächstes tun sollte. Er wusste, dass ein Lektorat folgen würde, denn Valerie verschwendete nie Zeit, seine Manuskripte weiterzureichen, zumal der Verleger auf dieses bereits wartete.

Wäre es denn so schlimm, heute Abend einen Schluck mit ihnen zu trinken?

Es war ja nicht so, als hätte er etwas Besseres zu tun. Und wenn es bedeutete, dass er nicht über sein nächstes, bisher nicht existentes Projekt nachdenken musste, war es umso besser. Jim konnte es sich leisten, seine Routine zu unterbrechen, und die beiden schienen freundlich und amüsant zu sein. Außerdem wollte er wissen, was Michael in diesem Nebengebäude tat.

Das gab den Ausschlag. Jim würde an diesem Abend einen Cocktail trinken gehen.

Michael konnte sich ein Lächeln nicht verkneifen, als er Julian dabei erwischte, wie er zum fünften Mal an diesem Abend auf die Uhr sah. „Er wird nicht kommen", sagte er sanft.

Julian wandte sich ihm zu, um etwas zu erwidern, aber seine Augen funkelten, als er zum Fenster blickte. „Wer kommt dann gerade auf unsere Tür zu?"

Michael erstarrte. „Im Ernst?" Es war fast eine Woche her, dass Jim angekommen war, und Michael hatte die Hoffnung aufgegeben, dass er bei ihnen auftauchen würde. Er eilte zur Tür. Jim stand davor, dick eingepackt zum Schutz vor der kalten Nachtluft.

Michael öffnete. „Rein mit dir, es ist eiskalt da draußen." Er wartete, während Jim seine Jacke, seinen Schal und die Handschuhe auszog und sie an einen Haken hängte und dann seine Handschuhe auf den Tisch legte. „Du kannst deine Stiefel auf der Matte stehen lassen. Dann komm rein und wärm dich auf." Er ließ Jim, der seine Stiefel auszog, stehen und ging in den Wohnbereich.

Julian stand selbstgefällig grinsend vor dem Barschrank. *Siehst du?*, formte er mit den Lippen.

Jim betrat den Raum, und Julian begrüßte ihn mit einem breiten Lächeln. „Hey, du bist ja doch gekommen. Setz dich an den Kamin und ich hole dir einen Drink." Er lachte leise, als Buster von seinem Hundebett aufstand und zu Jim hinüber trottete. „Dein Cocktail wird mit Buster serviert, denn er wird dir auf den Schoß springen. Schieb ihn einfach runter, wenn das nicht in Ordnung ist."

Jim setzte sich auf das Sofa, und Buster sprang ihm auf den Schoß. „Ist schon okay." Er streichelte Busters Kopf, und Buster machte es sich bequem.

Michael lachte. „Du *hast* vor, die ganze Nacht dort sitzen zu bleiben, richtig? Also, was trinkst du? Julian ist ein großartiger Barkeeper, und wir haben ein umfangreiches Alkoholsortiment."

Julian schnaubte. *„Jetzt* weißt du, warum er mich geheiratet hat, nur wegen meiner Fähigkeiten als Barkeeper."

„Kann ich eine Margarita bekommen?"

Michael strahlte. „Großartige Wahl. Wird nur von seinem Mai Tai übertroffen, der phänomenal ist." Julian machte sich an die Arbeit, und Michael nahm Jim gegenüber Platz. „Also, war alles in Ordnung, nachdem das WLAN wieder funktioniert hat?"

Jim nickte. „Ich musste ein Manuskript einreichen. Alles erledigt."

Michael konnte seine Neugierde keinen Moment länger zügeln. „Ich will ja nicht neugierig sein, aber... Was schreibst du eigentlich?"

„Bücher", antwortete Jim prompt todernst.

Julian gluckste. „Der war gut. Wird das jetzt ein Fragespiel, oder ist es ein Geheimnis, was du schreibst?"

Jim schien einen Moment lang zu überlegen. „Ich schreibe Kriminalromane."

Michael stockte der Atem, und Julian lachte. „Oh, jetzt hast du es geschafft. Du hast ausgerechnet sein Lieblingsgenre genannt."

„Schreibst du schon lange?", fragte Michael.

Jim zuckte mit den Schultern. „Ungefähr zehn Jahre."

„Schreibst du über einen bestimmten Detektiv?" Michael wollte wissen, ob Jims Bücher in seinem Regal standen. Als er Julian von Jims Beruf erzählt hatte, hatte Julian ihn gegoogelt und nichts gefunden. Michael hatte geschnaubt und Julian dann gefragt, ob er jemals von dem Konzept eines Pseudonyms gehört hatte.

„Zwei Detektive, um genau zu sein. Sie sind ein Ehepaar und heißen Gary und Mick Buchanan."

Oh mein Gott. Michael bekam Gänsehaut. „Du bist... Du bist Dayton O'Connell."

Jim blinzelte. „Öhm, ja."

Michael zeigte auf sein Bücherregal. „Ich habe alle deine Bücher."

Julian lachte. „Das, Jim, ist der Moment, in dem du die Flucht ergreifen solltest, bevor er sich wie Kathy Bates aufführt und dir sagt, dass er dein größter Fan ist." Seine Augen weiteten sich. „Oh mein Gott. Verschneite Landschaft. Ein abgelegener Ort." Seine Augen blitzten. „Sieh nicht hin, Jim, aber du bist auf dem Set von *Misery* gelandet." Er blickte Michael mit einem bösen Funkeln in den Augen an. „Wenn er einen Hammer und einen Holzklotz anschleppt, würde ich loslaufen. Solange du noch kannst."

Zu Michaels Freude brach Jim in Gelächter aus. „Ich denke, wir sind sicher. Ich kann mich nicht erinnern, dass es in *Misery* einen Hund gab. Und Buster wird mich retten, nicht wahr, Buster?"

Beim Klang seines Namens hob Buster den Kopf und ließ ihn dann wieder sinken.

Julian gackerte. „Nur wenn es Leckerlis gibt." Buster spitzte daraufhin die Ohren, und Julian stöhnte. „Verdammt. Ich habe das L-Wort gesagt." Er schnappte sich ein großes Glas von einem Regal, öffnete es und nahm einen knochenförmigen Keks heraus. Buster verputzte ihn in Sekundenschnelle.

Michael hatte ungefähr tausend Fragen, aber er dachte sich, dass jetzt nicht der richtige Zeitpunkt dafür war, wenn er wollte, dass Jim an einem anderen Abend wiederkam. „Würdest du morgen Abend wieder auf einen Drink kommen? Ich würde zu gerne mit dir über deine Bücher sprechen. Ich liebe sie. Ich bin schon seit dem ersten ein Fan."

Jim errötete. „Ob du es glaubst oder nicht, ich bin das nicht gewohnt. Ich bin ein wenig... überwältigt."

Michael konnte das verstehen. Er wusste aus seinen Recherchen, dass Dayton O'Connell nicht öffentlich in Erscheinung trat und auch in den sozialen Medien nicht präsent war. Und nachdem er Jim kennengelernt hatte, konnte er nachvollziehen, warum. *Vielleicht ist er kein geselliger Mensch.* Aber er schrieb unglaubliche Bücher.

„Du bist herzlich eingeladen, solange du hier bist, jeden Abend mit uns etwas zu trinken", sagte Julian. „Glaub mir, so lange wird es dauern, bis Michael all seine Fragen losgeworden ist und aufhört, dich anzuhimmeln."

Michael warf ihm einen gespielt bösen Blick zu. „Ich himmle ihn *nicht* an."

Julian verdrehte die Augen. „Oh, *bitte.* Ich erwarte jeden Moment einen Hundeblick. Ich wette, es juckt dich in den Fingern, Jim dazu zu bringen, jedes Exemplar in deinem Besitz zu signieren, habe ich recht?" Er grinste. „Und dann kommen die Selfies dran."

Michael drehte sich zu Jim um. „Hör nicht hin. Ich habe keine derartigen Absichten. Und Julian muss ganz still sein. Er hat schon mehr als genug Schwärmereien hinter sich, glaub mir."

Jim sah von Michael zu Julian und wieder zurück zu Michael, dann brach er erneut in Gelächter aus. „Ihr zwei müsst schon eine Weile zusammen sein."

Michael gluckste. „Merkt man, hm?"

Sie verbrachten die nächste halbe Stunde damit, Jims erstes Buch zu diskutieren, und Michael sah erfreut, dass Jim sich ein wenig entspannte. Als er seine zweite Margarita ausgetrunken hatte, seufzte Jim. „Es wird Zeit, dass ich mich auf den Weg mache. Ich muss morgen früh aufstehen."

„Ein neues Buch für Gary und Mick?", fragte Michael, der

seine Neugier nicht unterdrücken konnte.

Jim biss sich auf die Lippe. „Weißt du, Julian war mit seinen *Misery*-Scherzen näher dran, als er ahnen konnte. Wie wäre es, wenn ich dir morgen Abend sage, warum?"

Michael lächelte. „Dann kommst du wieder?"

Jim nickte. „Ja. Ich habe den Abend wirklich genossen. Gute Gesellschaft, großartige Cocktails und ein Heizkissen für meinen Schoß." Er kraulte Buster hinter den Ohren, bevor er ihn sanft neben sich auf das Sofa schob. Jim nickte Julian zu. „Nochmals vielen Dank für die Einladung."

„Gern geschehen." Julian erhob sich, und sie begleiteten Jim zur Tür. Er wünschte ihnen eine gute Nacht und trat hinaus in die Nachtluft.

Michael beobachtete ihn durch das Fenster. *Tja, das hatte ich nicht erwartet.* Er war begeistert, dass Jim vorbeigekommen war, und das Versprechen, dass noch weitere Gespräche folgen würden, löste in ihm eine gewisse Vorfreude aus.

Julian gesellte sich zu ihm. „Er ist nicht schwul."

Michael blinzelte. „Er schreibt über zwei schwule Detektive. Ist dir das entgangen?"

„Das tut er wahrscheinlich, weil es gerade im Trend liegt, über LGBT-Protagonisten zu schreiben."

Michael sah ihn an. „Protagonisten, über die er schon seit zehn Jahren schreibt. Das scheint mir nicht gerade ein Trend zu sein."

„Nun, erzähl mir von seinen Büchern. Wie sind sie? Sind sie sexy? Muss ich sie lesen?" Ihr Büchergeschmack war einer der wenigen Bereiche, in denen sie nicht übereinstimmten.

Michael gluckste. „Es gibt keinen Sex. Gary und Mick sind ein liebevolles Paar, aber jedes Mal, wenn es eine Andeutung auf mehr gibt, wird einfach ausgeblendet."

Julian erwiderte seinen Blick. „Siehst du? Er ist nicht

schwul. Wenn er schwul wäre, würde er sie ficken lassen wie die Karnickel."

Michael verbiss sich ein Lächeln. „Darauf hab ich nur ein Wort zu sagen – Marco."

Julian funkelte ihn an. „Ach, komm schon."

„Nichts komm schon. Er war eine Woche lang hier. Ich habe dir immer wieder gesagt, dass ich dachte, er sei schwul, aber du? *Nee, der ist nicht schwul...*" Michael grinste. „Wie oft haben wir in der letzten Nacht seines Aufenthalts gefickt? Also verzeih mir, wenn ich deinen Äußerungen keine Beachtung schenke. Dein Schwulenradar funktioniert nicht."

Julian warf ihm einen Seitenblick zu. „Aber was hältst du von Jim?"

Das war einfach. „Ich mag ihn." Ihm gefiel das ganze Paket – braunes Haar, kurz genug, um oben ein wenig stachelig zu sein; Vollbart und Schnurrbart; warme braune Augen und dieses Lächeln... Es hatte eine Weile gedauert, Jim dazu zu bringen, dieses Lächeln zu zeigen, aber das war es auf jeden Fall wert.

In Julians Augen lag ein vertrautes Glitzern. „Ich auch."

Michael kannte diesen Ausdruck. Julians Interesse war definitiv geweckt. Und er war nicht allein. Julians Schwulenradar mochte fehlerhaft sein, aber Michael vertraute seinem eigenen.

Kapitel 5

Der Freitagmorgen brachte einen Haufen Zweifel mit sich. Das war an sich nichts Neues. Jim war an diesen Ansturm gewöhnt, der immer auf die Abgabe eines Buches folgte. Neu war allerdings das Gefühl, einen Fehler gemacht zu haben.

Hätte ich die Serie wirklich abschließen sollen? Oder sollte ich ein weiteres Buch schreiben?

Letzteres würde bedeuten, das Ende zu ändern, und das wäre keine leichte Aufgabe. So wie es jetzt war, hatte er keinen Raum dafür gelassen, um in der Zukunft auf die Reihe zurückkommen zu können, und vielleicht war das ein Fehler. Jim befand sich auf Neuland, und das ängstigte ihn zu Tode. Die Aussicht, seine Zehen – oder sollte man besser sagen Finger? – in eine völlig neue Welt einzutauchen, verunsicherte ihn und machte ihn nervös.

Mehr als das – er fühlte sich verloren.

Er setzte sich auf den Balkon, seine erste Tasse Kaffee des Tages in der Hand, und starrte auf die wunderschöne Landschaft, die ihn umgab. Das Ende zu ändern, war keine Option, das wusste er. Aber vielleicht war es möglich, einen Teil davon so umzuschreiben, dass eine Fortsetzung möglich war.

Nein. Nein. Du wolltest es so, schon vergessen? Außerdem

hatte er genug von Gary und Mick und ihrer perfekten Beziehung. Kein Paar konnte so perfekt sein, oder? Aber Jim wusste, warum er sie so geschrieben hatte. Er hatte ein Paar erschaffen, dessen Beziehung ganz anders war als diejenigen, die er um sich herum sah. Im Grunde hatte er sie so geschrieben, wie *er* eine Beziehung haben wollte. Und Männer waren einfach nicht so.

Was ist mit Julian und Michael?

Jim erinnerte sich an ihr Geplänkel vom Vorabend, an die Zuneigung, die sie einander ganz offensichtlich entgegenbrachten. Er mochte die Art, wie sie zusammen waren, die Liebe, die sie teilten. Erst jetzt wurde ihm etwas klar. Julian und Michael kamen seinem idealen, fiktiven Paar näher als alle anderen Menschen, die er bisher getroffen hatte. Sie könnten Gary und Mick *sein*.

Das weißt du nicht. Du kennst sie nicht, nicht wirklich.

Aber er wollte es. Die Vorstellung, allein in seiner Hütte zu sitzen und auf Inspiration zu warten, hatte plötzlich ihren Reiz verloren. Er wollte Gesellschaft – ihre Gesellschaft.

Kurzerhand schlüpfte er in seine Stiefel, zog die Jacke an, warf sich den Schal über und verließ die Hütte. Die frische Morgenluft war belebend, als er durch den Wald schlenderte. Außer dem Zwitschern der Vögel und dem Rauschen der Bäume im Wind drang kaum ein Geräusch zu ihm durch. Er hätte meilenweit das einzige Lebewesen sein können.

Abgesehen von dem kleinen Hund, der auf ihn zu rannte.

„Buster!" Jim lächelte und ging in die Hocke, um seinen neuen Freund zu begrüßen. Buster hatte seine Pfoten im Handumdrehen auf Jims Knien und leckte ihm eifrig das Gesicht. Jim lachte. „Ich freue mich auch, dich zu sehen."

„Buster Bear Ingram." Michael kam in Sicht, die Leine in der Hand. Buster ließ Jim im Stich, lief zu Michael und umkreiste ihn.

„Guten Morgen." Jim richtete sich auf. „Diesmal kein Speck, daher nehme ich an, er wollte nur Hallo sagen." In diesem Moment knurrte sein Magen, und er fluchte lautlos.

Michael reagierte jedoch nicht. „Ich glaube, du hast einen neuen Freund gefunden."

Buster war wieder bei Jim, und er beugte sich hinunter, um ihn hinter den Ohren zu kraulen. „Er ist jederzeit willkommen."

„Ich hoffe, wir stören dich nicht."

Jim schüttelte den Kopf. „Ich stecke lediglich in einer Zwickmühle."

„Klingt schmerzhaft." Michael legte den Kopf schief. „Hast du schon gefrühstückt?"

Jim biss sich auf die Lippe. „Ich denke mal, dass das Donnergrollen in meinem Magen dir diese Frage beantwortet."

„Nun, dann begleite doch mich und Buster. Julian macht gerade Frühstück, und es wird genug für uns alle sein, glaub mir." Michael sah ihm in die Augen. „Bitte, sag nicht Nein. Wir würden uns freuen, wenn du mit uns isst."

Jim zögerte nicht. „Liebend gerne. Wenn du sicher bist, dass es keine Umstände macht." Es war ja nicht so, als gäbe es etwas, woran er arbeiten müsste, oder? Und er war wirklich gern mit dem Paar zusammen.

Michael strahlte. „Es macht überhaupt keine Umstände." Er schaute Buster an. „Hast du gehört, Buster? Dein neuer Freund kommt mit uns nach Hause."

Buster war zu sehr damit beschäftigt, den Boden zu beschnüffeln.

Jim lachte. „Was auch immer er riecht, es ist viel interessanter als ich."

Sie folgten dem Weg zu der schmalen Straße, wobei Buster den Stöcken hinterher sauste, die Michael für ihn warf. Als sie das Haus erreichten, seufzte Jim. „Ich liebe euer Haus. Es sieht aus, als wäre es dazu bestimmt, hier zu stehen."

Michael schenkte ihm ein warmes Lächeln. „Sehen wir auch so." Er führte Jim ums Haus herum zur seitlichen Veranda und stieß die Tür auf. „Julian? Wir haben einen Gast zum Frühstück."

„Ach?" Julian tauchte auf und Jim musste lachen, als er die Schürze sah, die er trug. Sie zeigte einen nackten Mann mit einem Sixpack und einem sehr langen Schwanz.

„Du musst den Geschmack meines Mannes entschuldigen", sagte Michael schnell. „Und was es noch schlimmer macht: Es handelt sich um seinen Entwurf und ein Freund hat sie dann für ihn gemacht."

„An meinem Geschmack gibt es nichts auszusetzen", erklärte Julian entrüstet. „Du musst dir nur Michael ansehen, dann ist dir das klar." Seine Augen funkelten. Er schenkte Jim ein einladendes Lächeln. „So sieht man sich wieder. Zieh Jacke und Stiefel aus und komm rein. Ich brate noch mehr Speck." Dann verschwand er wieder in der Küche.

Jim tat wie ihm geheißen und stellte seine Stiefel auf der Matte neben der Tür ab. Michael führte ihn in die große Küche mit hoher Decke. Die hintere Wand bestand nur aus Fenstern, die auf den Garten hinausgingen. Er konnte die beiden Nebengebäude sehen, und der Anblick weckte seine Neugier.

„Was machst du, Michael? Beruflich, meine ich."

Bevor Michael antworten konnte, sagte Julian: „Er ist Bildhauer und Holzschnitzer."

Jim blinzelte. „Ihr seid beide kreative Menschen."

Michael schaute ihn mit offensichtlichem Interesse an. „Das scheint dich zu überraschen."

Er zuckte mit den Schultern. „Ich hätte gedacht, dass es, wenn zwei Menschen mit künstlerischem Temperament so eng zusammenleben, häufig zu Konflikten kommt, aber ihr wirkt so..."

„Glücklich? Entspannt?" Michael grinste. „Du dachtest, wir gehen einander an die Gurgel?"

Julian gluckste. „Du hättest uns sehen sollen, als wir Mitte zwanzig waren. Das war eine ganz andere Geschichte. Was du jetzt siehst, ist das Ergebnis von Jahren voller Geduld, Kompromissen und Routine. Ich halte mich aus seinem Bereich raus, er sich aus meinem."

„Habe ich noch Zeit, Jim meine Werkstatt zu zeigen?"

Julian erstarrte. „Meine Güte. Fühl dich geehrt, Jim. Klar, du hast ungefähr fünfzehn Minuten, bis das Frühstück fertig ist. Wenn ihr euch verspätet, gebe ich Buster euer Frühstück."

Als er seinen Namen hörte, spitzte Buster die Ohren und stieß ein leises Winseln aus.

„Ich schwöre, dieser Hund versteht jedes Wort, das wir sagen." Michael deutete in Richtung der Tür. „Hier lang."

Jim zog seine Stiefel wieder an, folgte ihm aus dem Haus und den geräumten Weg entlang, vorbei an Julians Atelier, zu dem identischen Gebäude daneben. Jim brannte vor Neugier. Michael öffnete die Tür und ging hinein.

Jim hatte noch nie etwas Derartiges gesehen. Das Gebäude hatte die Größe einer Doppelgarage und die Wände des Raumes wurden von geschnitzten Bären gesäumt. Der größte war bestimmt eineinhalb Meter hoch, stand auf den Hinterbeinen und hatte die Vorderpfoten erhoben und das Maul aufgerissen. Jim konnte das Brüllen fast hören. Andere Schnitzereien waren kleiner, und die Details waren verblüffend. Aber was ihm besonders auffiel, war der Holzklotz, der in der Mitte des Raumes stand. Er war fast zwei Meter hoch und offensichtlich ein Baumstamm gewesen, aber die Rinde war entfernt worden, wodurch fein gemasertes Holz zum Vorschein kam.

„Was wirst du daraus schnitzen? Noch einen Bären?" Jim ging zu dem Holzklotz und strich über die Oberfläche. Der Geruch war wunderbar.

„Nicht aus dem hier. Ich denke an einen männlichen Akt. Die Proportionen würden sich perfekt für dieses Stück eignen. Jetzt muss ich nur noch mein Modell finden."

Jim lachte. „Sowas kann man nicht gerade bei *Walmart* bestellen."

Michael lachte ebenfalls. „Genau. Aber ich werde ihn erkennen, wenn ich ihn sehe. Dann muss ich lediglich viele Fotos machen, und anhand derer werde ich dann arbeiten." Er strich über das Holz. „Ich habe noch nie einen Akt gemacht, und die Idee reizt mich. Es ist gut, von Zeit zu Zeit an seine Grenzen zu gehen."

„An seine Grenzen zu gehen, ist auch höllisch beängstigend", sagte Jim leise.

Michael antwortete nicht, aber Jim spürte, dass er näher kam. „Alles Neue ist beängstigend, aber wir müssen alle wachsen, richtig? Stagnation tötet die Kreativität."

Jim sah sich um. „Ihr seid beide so ungemein talentiert."

„Vielen Dank." Jims Magen knurrte wieder, und Michael gluckste. „Ich denke, das ist mein Stichwort, dich zu füttern."

Jim folgte ihm aus der Werkstatt und sie gingen zurück zum Haus.

Sie haben alles. Gutes Aussehen, Talent, dieses wunderschöne Haus... Und was es perfekt machte, war das Glück, das sie offensichtlich miteinander gefunden hatten.

Zum ersten Mal seit vielen Jahren wollte Jim auch das, was sie hatten.

Michael schenkte Kaffee nach. „Ich muss es wissen. Wie geht es für Gary und Mick weiter? Ich hoffe, du hast einen wirklich spannenden Mordfall für sie zu lösen."

Fuck. Jim wusste nicht, was er sagen sollte. Er wollte Michaels Liebe zu seinen Büchern nicht zunichtemachen, indem er ihm die Wahrheit sagte. „Im Moment habe ich nichts geplant."

„Deshalb ist er hergekommen", sagte Julian, während er eine Scheibe Toast mit Butter bestrich. „Er ist auf der Suche nach Inspiration." Er schaute Jim an. „Ich habe doch recht, oder? Du weißt nicht, was du als Nächstes schreiben sollst, und dem Ganzen zu entfliehen, schien die perfekte Lösung zu sein. Du willst Zeit haben, um den Kopf freizubekommen und ein paar tolle Ideen zu entwickeln."

Jim nickte. Die Tatsache, dass Julian ihn durchschaut hatte, war keine Überraschung mehr. Julian verstand, wie Kreativität funktionierte. Das taten sie beide.

„Wie gut kennst du diese Gegend?", erkundigte sich Michael.

„Kaum", gestand Jim. „Ich habe die Hütte wegen ihrer Abgeschiedenheit gewählt."

„Nun, wenn du nach Inspiration suchst, darf ich dir einen Vorschlag machen?" Julian nippte an seinem Kaffee. „Schau dir den Yosemite Nationalpark an. Da gibt es so viel zu entdecken."

Jim war sich da nicht so sicher. Er fühlte sich in der Hütte wohl, und der Gedanke, tiefer in den Park hineinzufahren, war ein wenig beängstigend.

„Wir leben schon so viele Jahre hier, wir kennen die Gegend gut." Michael warf ihm einen nachdenklichen Blick zu. „Ich hab eine Idee. Warum zeigen Julian und ich dir nicht die Sehenswürdigkeiten?"

„Ja, das ist eine großartige Idee." Julian nickte enthusiastisch.

„Ich möchte euch nicht von der Arbeit abhalten", protestierte Jim.

Julian schnaubte. „Vertrau mir, wir brauchen beide eine Pause. Du würdest uns einen Gefallen tun. Es wäre gut, einen Tag lang von hier wegzukommen. Und man weiß ja nie. Die Inspiration könnte zuschlagen. Ein Tapetenwechsel könnte genau das sein, was du brauchst. Was wir alle brauchen."

„Julian hat recht. Können wir das bitte tun?" Michaels intensiver Blick begegnete seinem.

Jim brachte es nicht übers Herz abzulehnen. „Okay. Wann?"

„Morgen", sagte Julian prompt. „Wir können früh aufbrechen."

Jim lachte. „Du verschwendest keine Zeit, was?" In ihm summte es. Die Vorstellung, einen Tag in ihrer Gesellschaft zu verbringen, war sehr angenehm. Dann warf er einen Blick auf Buster. „Kommt er auch mit?"

„Natürlich. Buster hat auch einen Tag Auszeit verdient." Michael griff nach unten und streichelte Buster über den Kopf. „All diese neuen Gerüche, was, Buster?"

„Noch mehr Toast?", fragte Julian.

Jim tätschelte seinen Bauch. „Ich könnte keinen Bissen mehr essen. Tatsächlich esse ich vielleicht den Rest des Tages nichts mehr."

„Kommst du heute Abend auf einen Cocktail vorbei?", erkundigte sich Michael. „Du musst noch Julians Mai Tai probieren."

„Wenn er so schmeckt wie seine Margaritas, wird er fantastisch sein." Jim gefiel die Vorstellung, am Holzofen zu sitzen und Cocktails zu trinken.

„Super. Also um neunzehn Uhr." Julian strahlte. „Und dann zeigen wir dir einen Tag lang die Schönheit des Yosemite."

Michael warf einen Blick in Richtung der Rückseite des Hauses, und Jim wusste sofort, was ihm durch den Kopf ging. „Du musst arbeiten", sagte er. „Also verschwinde ich mal, nicht dass du noch anfängst, dir die Haare zu raufen."

„Welche Haare?" Julian gackerte.

Michael durchbohrte ihn mit einem Blick. „Das *warst* doch du letzte Woche, oder? Du hast mich gebeten sie abzurasieren, weil du Männer mit Glatze sexy findest?"

„Männer mit Glatze *sind* sexy", erwiderte Julian. „Aber du bist sowieso schon sexy." Er sah Michael in die Augen, und die Härchen auf Jims Armen stellten sich auf. Er glaubte nicht, dass Michael es jetzt schon in seine Werkstatt schaffen würde. Den Blicken nach zu urteilen, die Julian seinem Mann zuwarf, würde Jim eher darauf wetten, dass sie nackt waren, bevor er das Ende des Weges erreichte.

Was würde ich dafür geben, dass mich *jemand so ansieht.*

Erst als er das Haus hinter sich ließ, wurde es ihm bewusst. Es war schon lange her, dass er das Objekt von jemandes Begierde hatte sein wollen. Dann kam ihm ein weiterer Gedanke, der ihn völlig durcheinanderbrachte.

Was würde ich dafür geben, dass mich einer von ihnen so ansieht?

Kapitel 6

„Das ist wirklich atemberaubend!" Jim starrte auf den Ausblick, der sich ihm bot. Sie waren ins Yosemite Valley gefahren, und als sie aus dem Wawona-Tunnel kamen, hatte Michael angehalten. Sie waren ausgestiegen und bis zur Mitte einer schneebedeckten Brücke gelaufen, bevor Julian Jim an den Schultern nahm und ihn herumdrehte, damit er die Aussicht sehen konnte.

„Glaub mir, es wird noch besser", sagte Julian mit einem Lächeln. Jim fand, dass er hinreißend aussah. Er hatte sich eine Schlinge umgehängt, von der aus Buster die Umgebung betrachtete.

Jim musterte den langsam fließenden, von Eis gesäumten Fluss unter ihnen, die Bäume mit ihrem frostigen Glitzern und das strahlende Blau des Himmels über ihnen. „Wie kann es noch besser werden?"

Michael gluckste. „Mal sehen, ob du das immer noch sagst, wenn wir zum Aussichtspunkt kommen."

Jim folgte ihnen zurück zum Auto, dankbar, dass er seine dicke Jacke, den Schal, die Handschuhe und die wärmsten Socken, die er hatte finden können, angezogen hatte. Sie fuhren ein kurzes Stück, dann hielten sie auf einem großen Parkplatz, auf dem nur wenige Autos standen. Noch bevor Jim aus dem Auto ausgestiegen war, verstand er Michaels Bemerkung.

Diese Aussicht...

Sie traten näher an den Rand und betrachteten das Panorama. Bäume erstreckten sich vor ihnen, so weit Jim sehen konnte, ihre Spitzen waren weiß vom Schnee, als hätte jemand Mehl darüber gestreut. Die schneebedeckten Gipfel erhoben sich majestätisch in der Ferne, während Nebelschwaden den Fuß der Berge umgaben.

„Was sehe ich da?"

Julian zählte auf: „Von links. Das ist El Capitán, dann der Half Dome, der toll ist, wenn man auf schwierige Wanderungen steht. Das ist Glacier Point, und drüben rechts ist Bridalveil. Heute gehen wir so weit, wie wir bei Tageslicht kommen, damit du einen Eindruck vom Tal bekommst."

„Es ist wunderschön." Der Wald wurde von den Gipfeln perfekt eingerahmt, aber was Jim den Atem raubte, war die Weite des Himmels.

„Siehst du, was ich meine? Das ist inspirierend", murmelte Julian. „Ein Foto könnte die Erhabenheit des Ganzen gar nicht einfangen."

Er wandte sich an Michael. „Danke, euch beiden. Das ist unglaublich."

Michael tätschelte ihm den Arm. „Gern geschehen." Er lächelte. „Wer weiß? Vielleicht machen Gary und Mick Urlaub im Yosemite, und ein Tourist wird ermordet. Dann merken sie, dass er nicht irgendein Tourist war, sondern..."

„Babe? Hör auf, ihn zu bedrängen." Julians Augen funkelten.

Michael errötete. „Es tut mir leid. Da stehe ich hier und versuche, dein nächstes Buch für dich zu schreiben."

Jim lachte. „Du bist nicht der Erste. Meine Verleger sagen

mir, dass sie viele E-Mails und Briefe mit Vorschlägen für Bücher bekommen. Eine alte Dame hatte sich sogar einen Plot ausgedacht, in dem Gary und Mick nach Großbritannien reisen und dort einen Attentatsversuch auf die englische Königin untersuchen." Nicht, dass es ein nächstes Buch für seine beiden Detektive geben würde. Er hatte sich schon entschieden. Es würde kein Zurück geben.

Julian schnaubte. „Manche Leute haben viel zu viel Zeit."

„Bereit für den nächsten Aussichtspunkt?", erkundigte sich Michael.

„Ich kann es kaum erwarten", antwortete Jim. Er hatte Yosemite wegen seiner Ruhe und Abgeschiedenheit gewählt und hätte sich nie träumen lassen, dass er den Park einmal in seiner ganzen winterlichen Pracht sehen würde.

Die Gesellschaft war das Sahnehäubchen.

Julian genoss Jims ehrfürchtigen Blick, als er zum Bridalveil Fall hinaufblickte. Es war eine von Julians Lieblingsansichten, und er hatte sie Jim unbedingt zeigen wollen.

„Gefriert der Wasserfall denn nie?", fragte Jim, der auf das mit Wucht herabfallende Wasser starrte.

„Nein. Er fließt das ganze Jahr über. Es ist nur eine kurze Wanderung bis zum Gipfel, aber ich würde sie jetzt nicht empfehlen. Es kann furchtbar rutschig werden."

„Ja. Einer von uns ist mal auf den Hintern gefallen und

den halben Berg hinuntergerutscht. Es war ein Wunder, dass die Kamera nicht kaputtging."

„Ja, und *einer* von uns hat sich mehr Sorgen um die Kamera gemacht als um den schmerzenden Hintern seines Mannes", erwiderte Julian und warf Michael einen strengen Blick zu.

Michael grinste. „Aber ich habe mich gut um deinen Hintern gekümmert, als wir nach Hause kamen, nicht wahr? Ich glaube mich sogar zu erinnern, dass du mich gebeten hast, mich ganz um –"

Julian stoppte ihn, indem er ihm eine Hand über den Mund legte. „Wir haben Gesellschaft, schon vergessen?" Er zog die Hand langsam zurück.

Michaels Grinsen blieb an Ort und Stelle. „Er ist Schriftsteller. Ich bin mir ziemlich sicher, dass er sich den Rest der Geschichte denken kann."

Ein Blick auf Jims Gesicht sagte ihm, dass Michael recht hatte. Dieses Erröten war süß.

Jim räusperte sich. „Ich finde es wunderbar, wie der Schnee den Wasserfall säumt und auf den Felsen glitzert."

„Im Frühling ist die Wucht so stark, dass man die Wasserschleier schon von weitem spürt." Julian lächelte. „Ich mag es genau so – die kahle Felswand –, aber wenn man sich den Wasserfällen nähert, ist da diese Schneedecke und der feine Dunst, der aufsteigt."

„Ist es schon Zeit fürs Mittagessen?", fragte Michael.

„Halten wir zum Essen irgendwo an?", fügte Jim hinzu.

Julian schüttelte den Kopf. „Wir haben etwas zu essen mitgebracht, aber nur, weil Essengehen hier ein Vermögen kostet. Es sei denn, ihr wollt im Half Dome Village eine Pizza essen."

„Das wollen wir nicht", sagte Michael nachdrücklich. „Nicht, wenn ich uns Hackbratensandwiches gemacht habe. Dein Lieblingsessen."

Nach Jims Lächeln und danach, wie er sich die Lippen leckte, zu urteilen, waren die Hackbratensandwiches auch für ihn okay.

„Ich weiß auch genau, wo wir sie essen können." Julian stieß einen zufriedenen Seufzer aus. Dies wurde mehr und mehr zu einem richtig guten Tag.

Jim atmete tief ein und nahm die Ruhe des Ortes in sich auf. „Das habe ich nicht erwartet", murmelte er und starrte die kleine Kapelle aus rotem und hellbraunem Holz an, die in einer Ecke des Talbodens inmitten einer weißen Schneedecke stand. „Wie lange steht sie schon hier?"

„Seit den 1870er Jahren", informierte Julian ihn. „Ich bin wirklich gern hier. Es fühlt sich so friedlich an. Wenn ich über Dinge nachdenken muss, dann komme ich hierher. Es ist ein positiver Ort für mich."

Jim konnte das nachvollziehen.

Julian kraulte Buster hinter den Ohren. „Und du magst es im Frühling, wenn du die ganzen wilden Tiere sehen kannst, nicht wahr, Buster Bear?"

„Warum Buster *Bear*?", fragte Jim.

Michael lachte leise, als er Klappstühle aus dem Kofferraum des Autos holte. „Na ja, da seine Daddys Bären sind, machte es Sinn." Er warf einen flüchtigen Blick in Jims Richtung. „Und sie sind nicht die einzigen hier in der Gegend", fügte er mit leiser Stimme hinzu.

Jim brauchte ein oder zwei Sekunden, bis ihm klar wurde, dass Michael damit ihn meinte. „Wie bitte?"

Julian räusperte sich. „Jim weiß vielleicht nicht, was ein Bär ist, Michael."

Es lag Jim auf der Zunge zu sagen, dass er ein armseliger Schwuler wäre, wenn er nicht wüsste, was ein Bär war, als ihm einfiel, dass er ihnen das gar nicht ausdrücklich gesagt hatte. „Wie Michael gesagt hat, ich bin ein Schriftsteller, der ein schwules Paar erschaffen hat. Natürlich weiß ich, was ein Bär ist. Aber... ich bin *kein* Bär." Und warum er nicht gleichzeitig damit herausrückte, dass er schwul war, konnte er nicht wirklich sagen.

Julian schnaubte. „Hast du in letzter Zeit mal in einen Spiegel geschaut?"

Jim erstarrte. *Sehen sie mich wirklich so?*

„Natürlich bist du verglichen mit uns nur ein Babybär." Michaels Augen funkelten.

Jim war sprachlos.

Michael kam zu ihm herüber. „Habe ich gerade deine Schaltkreise kurzgeschlossen? Schatz, du bist ein umwerfender Bär, und wenn dir das noch niemand gesagt hat, wird es höchste Zeit." Er glückste. „Julian? Hol Jim ein Sandwich, ja? Sein Mund steht offen, also muss er hungrig sein."

Julian öffnete eine Kühlbox im Kofferraum und reichte Jim ein eingewickeltes Päckchen. „Hier." Jim nahm es entgegen, immer noch völlig von der Rolle. Julian warf ihm einen fragenden Blick zu, dann sah er Michael an. „Babe, du hast seine Schaltkreise nicht kurzgeschlossen – du hast sie durchschmoren lassen." Dann lehnte er sich näher zu ihm, bis seine Lippen nur noch Zentimeter von Jims Ohr entfernt waren. „Er ist nicht der Einzige, der dich umwerfend findet", flüsterte er. „Und er hat recht. Wenn dir das noch niemand gesagt hat, ist das wirklich eine Schande." Er nahm weitere Sandwiches heraus und reichte Michael eines davon mit einem Lächeln, als hätte er gerade eine Bemerkung über das Wetter oder die Landschaft gemacht, aber definitiv nicht geflirtet und eine Aussage gemacht, die Jims Welt in ihren Grundfesten erschütterte.

Jim schaffte es irgendwie automatisch, sich zu setzen und sein Mittagessen auszupacken. *Wann hat mich das letzte Mal jemand angemacht?* Es war lange genug her, dass er sich nicht daran erinnern konnte. Aber dass gleich zwei Männer ihm Komplimente machten? Mit ihm flirteten?

Einen Moment lang dachte er, dass sie ihn auf den Arm nehmen wollten, aber dann verwarf er den Gedanken wieder. Nichts in ihrem Verhalten deutete darauf hin, und selbst nach seiner relativ kurzen Bekanntschaft mit ihnen hielt Jim sie nicht für boshaft oder gemein.

Das ließ für ihn nur einen Schluss zu – sie meinten es ernst.

Und Jim hatte keine Ahnung, wie er darauf reagieren sollte, außer schweigend sein köstliches Sandwich zu essen, dem Zwitschern der Vögel um sie herum zu lauschen und auf die schneebedeckte Landschaft zu starren.

Er wusste, was der Grund für seine Verwirrung war. Er mochte sie beide. Er fühlte sich zu beiden hingezogen. Aber sie waren ein glücklich verheiratetes Paar, um Himmels willen. Warum machten sie sich an ihn ran, vor allem, wenn sie dachten, er sei hetero?

Und wie, zum Teufel, sollte er damit umgehen?

„Wie wäre es, wenn wir die verschneite Landschaft eine Weile verlassen und uns mit einer Tasse heißer Pfefferminzschokolade auf einer gemütlichen Couch vor dem Kamin entspannen?" Michael brauchte Julian nicht anzusehen, um zu wissen, dass seine Augen aufleuchteten. Julian ging liebend gern ins *Majestic Hotel*.

Jim klappte der Unterkiefer herunter, und Michael vermutete, dass er nicht der Einzige war, dem diese Idee gefiel. „Das klingt himmlisch. Ich nehme an, ein solcher Ort liegt irgendwo am Weg?"

Michael lächelte. „Würde ich dich mit einer so himmlischen Sache quälen, wenn es nicht möglich wäre?"

„Ist es weit weg?"

„Nur etwa anderthalb Meilen von Yosemite Village entfernt. Tatsächlich sind wir schon fast da." Er warf Buster einen traurigen Blick zu. „Du nicht, Baby. Du musst im Auto bleiben. Ich glaube nicht, dass sie uns abkaufen würden, dass du unser Assistenzhund bist."

„Sprich für dich selbst", murmelte Julian. „Er hält mich bei Verstand."

„Wird es ihm im Auto gutgehen?", fragte Jim besorgt.

Das reichte, um Michaels Zuneigung zu gewinnen. „Wir werden nicht lange bleiben. Und wir lassen die Fenster offen. Außerdem wird er auf seiner Lieblingsdecke von zu Hause liegen."

Julian streichelte Busters Kopf und küsste ihn dann. „Tut mir leid, mein Süßer." Er schaute Michael an. „Sorg dafür, dass er L-E-C-K-E-R-L-I-S kriegt, wenn wir nach Hause kommen." Buster spitzte die Ohren und Julian lachte. „Nein, Buster, das kaufe ich dir nicht ab. Du kannst nicht buchstabieren."

„Darauf würde ich nicht wetten", murmelte Michael, als er auf den Parkplatz des *Majestic* fuhr. Sie vergewisserten sich, dass Buster es auf dem Rücksitz bequem hatte, und gingen dann ins Hotel.

Jim musterte die Lobby mit großen Augen. „Gott, das ist ja wie im *Overlook Hotel* aus *Shining*."

Michael konnte diese Reaktion nachvollziehen. Die Sofas, die Wandteppiche, die hohen Fenster, die Kronleuchter, die wie Kerzen aussahen... Er lachte leise. „Wenn ich Jack Nicholson vorbeikommen sehe, verschwinden wir von hier." Er entdeckte ein Paar, das ein Sofa vor dem Kamin frei machte, und stupste Julian an. „Schnell, schnapp dir das."

Sie setzten sich, und Michael bestellte die heißen Getränke. Er lehnte sich zurück in die Kissen. „Wir sind fast fertig für heute."

Jim lächelte. „Du meinst, es gibt noch mehr zu sehen?"

Julian lachte. „Wir haben kaum die Oberfläche angekratzt. Ich kann dir gar nicht sagen, wie oft wir den Park besucht haben, seit wir hierhergezogen sind, und jedes Mal entdecken wir etwas neues."

Jim warf ihm einen neugierigen Blick zu. „Wie habt ihr euch kennengelernt?"

„In einem Club." Er blickte Michael an, seine Miene war ausdruckslos.

Michael wusste, was dieser Gesichtsausdruck bedeutete – Julian fragte sich, wie viel er über den Club preisgeben sollte.

Jim sah Julian nachdenklich an. „Ich verstehe. Scheint ein glücklicher Zufall gewesen zu sein, wenn ihr seitdem zusammen seid."

Michael lächelte. „Es war Liebe auf den ersten Blick."

Julian gluckste. „Er hat mir einen Drink spendiert, dann noch einen, und dann haben wir bis vier Uhr morgens geredet."

„Dann habe ich ihn mit nach Hause genommen. Der Rest ist Geschichte."

Jim schüttelte den Kopf. „Du lässt es so einfach klingen, aber ich weiß, dass es nur wenige Beziehungen wie eure gibt. Ich weiß nicht, wie ihr das macht. Oh, ich weiß, was du gesagt hast – Geduld, Kompromisse und Routinen – aber es muss mehr sein als das." Er starrte in den Kamin. „Wisst ihr, was ich getan habe, als ich Gary und Mick erschuf? Ich habe alles genommen, was ich in den ganzen gescheiterten Beziehungen, die ich mitgekriegt habe, beobachtet habe, und das Gegenteil geschrieben. Ich habe das perfekte Paar aus ihnen gemacht. Und bis vor kurzem habe ich fest daran geglaubt, dass es so ein Paar nicht geben kann. Aber ihr zwei habt meine Meinung in der Hinsicht vielleicht geändert."

Michaels Magen zog sich zusammen. „Hey, Moment mal. Wir sind nicht perfekt, glaub mir. Julian wird mir da zustimmen. Wir hatten unsere schlechten Zeiten, wie jedes andere Paar auch. Wir versuchen nur, sie zu überwinden."

„Wir haben herausgefunden, was für uns funktioniert", fügte Julian hinzu. „Das heißt aber nicht, dass unsere Art zu leben für jeden funktionieren würde."

Jim runzelte die Stirn. „Was meinst du mit *eure Art zu leben*?"

In diesem Moment kam der Kellner mit ihren Bechern voll heißer Pfefferminzschokolade. Als er wieder verschwand, seufzte Michael. „Das ist eine Geschichte für einen anderen Tag." Er hoffte, Jim würde es dabei bewenden lassen.

Tatsächlich verstummte Jim und starrte in die Flammen.

Gegenüber von ihm fing Michael Julians ruhigen Blick ein. Nach dem, was bei der Kapelle abgelaufen war, wusste er eines ganz sicher – sie beide wollten Jim.

Weniger sicher war er sich, ob Jim sie wollte.

Und seit wann machen wir uns an Heteros ran? Darauf gab es nur eine Antwort: Michael vertraute seinen Instinkten.

Und jetzt schien es, als würde Julian dasselbe tun.

Dies könnte sehr interessant werden.

Kapitel 7

„Glaubst du, wir haben es zu weit getrieben?", rief Julian, als er die Dusche abstellte. Er hatte den ganzen Tag über Jim nachgedacht.

Aus der Küche war Michaels Lachen zu hören. „Ich bin versucht, dich einen Wirrkopf zu nennen! Diese Bemerkung kam aus dem Nichts. Ich nehme an, wir reden von Jim?"

„Ja. Ich habe über unseren Ausflug nachgedacht. Wir haben ihn zwei Tage nicht mehr gesehen. Meinst du, wir haben ihn verschreckt?" Er rubbelte sich mit dem Handtuch über den Kopf und rieb sich dann kräftig ab, bevor er es sich um die Hüften schlang.

Michael tauchte im Türrahmen auf und lehnte sich dagegen. „Das habe ich mich auch schon gefragt. Vielleicht konnte er nicht damit umgehen, dass zwei Männer mit ihm flirten. Das ist doch schon vorgekommen, richtig?"

„An dem Tag ist er nicht weggelaufen, aber vielleicht hatte er seitdem Zeit, darüber nachzudenken, und geht uns aus dem Weg. Es sei denn..." Julian runzelte die Stirn. „Ich weiß, ich habe gesagt, dass er nicht schwul ist, aber –"

„Aber jetzt sagt dir deine Intuition etwas anderes, nicht wahr?"

Er nickte. „Also, was machen wir jetzt?"

Michael sagte nichts, sondern zog sein Handy aus der Tasche. Sein Finger glitt über den Bildschirm. Dann sah er mit einem Lächeln auf. „Mal sehen, wie er darauf reagiert."

„Was hast du getan?"

„Ich habe ihm eine Nachricht geschrieben und ihn gefragt, ob er schwul ist."

Julian gaffte ihn an. „Das hast du nicht."

Michael rollte mit den Augen. „Echt jetzt, wie lange kennst du mich schon? Als ob ich das tun würde. Ich habe ihn nur auf einen Cocktail eingeladen. Aber da es bereits halb sieben ist, bezweifle ich, dass er zusagen wird. Immerhin habe ich ihm die Möglichkeit gegeben–" Sein Handy summte und er starrte es an. „Nun, das beantwortet eine Frage." Er hob den Kopf. „So viel dazu, dass er uns aus dem Weg geht. Er kommt."

Julian setzte sich auf die Bettkante. „Trotzdem weiß ich immer noch nicht, wie wir weitermachen sollen. Lassen wir die Finger von ihm? Oder schubsen wir ihn noch ein bisschen mehr?" Verdammt, er wollte sehen, wohin es führen konnte.

„Ich hatte recht, stimmt's?" Michael stieg hinter ihm auf das Bett und schlang die Arme um Julian. „Du willst ihn, nicht wahr?"

„Das ist eine rhetorische Frage, oder?", sagte Julian mit einem Grinsen. „Ungefähr so sehr wie du."

„Dann lassen wir die Dinge auf uns zukommen und schauen, wohin der Abend führt." Michael strich mit der Nase über Julians Nacken. „Mann, du riechst gut."

Julian erschauerte. „Wir... Wir haben keine Zeit dafür. Er wird jeden Moment hier sein." Nicht, dass sein Schwanz auf Logik gehört hätte. Das Gefühl von Michaels Lippen auf seiner Haut und Michaels Fingern, die mit Julians

Brustwarzen spielten, ließen ihn schon steif werden. „Ich wusste es. Ich hätte mich anziehen sollen, bevor ich mit dir spreche."

„Ich bin froh, dass du es nicht getan hast", murmelte Michael. Er schob seine Hand weiter nach unten und legte sie um Julians Schaft, wo das Handtuch wenig dazu beitrug, dessen Zustand zu verbergen. Michaels Lippen strichen über sein Ohr. „Wir haben noch Zeit für einen kleinen... Appetitanreger, oder?"

Das war's dann. Logik und Zweckmäßigkeit lösten sich in Rauch auf.

Julian öffnete das Handtuch, und Michael rutschte sofort vom Bett und kniete sich zwischen seinen gespreizten Beinen auf dem Teppich. Julian packte seinen Schwanz an der Wurzel und hielt ihn fest. „Weit aufmachen."

Michaels Augen glitzerten. „Da soll noch jemand sagen, dass ich keine Anweisungen befolgen kann."

Jim nahm den Mai Tai entgegen, den Julian für ihn zubereitet hatte, und leckte sich die Lippen. „Daran könnte ich mich wirklich gewöhnen."

Julian lachte. „Woran genau? Cocktails um sieben oder meine Mai Tais?"

„Beides?" Jim lehnte sich ganz entspannt gegen die Kissen. Michael saß ihm gegenüber auf der Couch und nippte an einem Martini. Zum ersten Mal, seit er im Yosemite angekommen war, hatte Jim den Hauch einer Idee. Nichts Konkretes, aber es war ein Anfang. Er hatte den Tag damit verbracht, mit verschiedenen Plots herumzuspielen, war sich aber noch nicht sicher, welchen er verfolgen sollte.

Aber das war ja der Sinn dieser Auszeit – die Ideen fließen zu lassen.

Bis jetzt waren sie geflossen wie Sirup im Winter.

Im Holzofen loderte ein Feuer, und Buster lag zusammengerollt auf seiner Decke, hob gelegentlich den Kopf, blieb aber dicht am Ofen.

Julian schenkte sich einen Mai Tai ein und setzte sich zu Jim. „Wir haben in den letzten Tagen nicht viel von dir gesehen. Wir haben uns schon gefragt, ob wir dich irgendwie gekränkt haben."

Jim schluckte. „Nein, habt ihr nicht. Ich habe viel über meine Schreiberei nachgedacht, das ist alles. Ich... ich musste mich konzentrieren." Das war nicht gelogen, aber auch nicht die ganze Wahrheit. Julian und Michael brachten ihn höllisch durcheinander. *Und warum sitzt er neben mir und nicht neben Michael?*

„Ich wollte dich etwas zu deinen Büchern fragen", sagte Julian und stellte sein Glas auf den kleinen Tisch am Ende der Couch. „Als wir feststellten, dass Michael dein größter Fan ist–" Michael schnaubte, und Julian zog die Augenbrauen hoch. „Du *weißt*, dass du aus der Nummer nicht mehr rauskommst, also sei still." Er grinste. „Nur, dass du die Rolle der Kathy Bates spielen würdest, und Jim nicht mehr aus der Nummer rauskäme, stimmt's?"

„Julian...", sagte Michael in einem warnenden Tonfall, den sogar Jim erkennen konnte.

Julian schenkte ihm ein süßes Lächeln. „Wie ich schon sagte... Ich habe Michael gefragt, ob es irgendwelche – wie soll ich das ausdrücken? – sexy Szenen in deinen Büchern gibt." Er grinste. „Schließlich verkauft Sex sich heutzutage gut."

Michael hustete. „Falls du das nicht mitbekommen hast: Seine Bücher verkaufen sich bereits."

„Aber er könnte noch mehr verkaufen!", protestierte Julian.

Jim räusperte sich, die Antwort lag ihm auf der Zunge, wie immer, wenn die Leser auf das Thema Sex zu sprechen kamen. „Ich habe Gary und Mick ihre Romanze gegeben, aber auf Sexszenen verzichtet. Das hätte von der Geschichte abgelenkt, in der es schließlich um den Mord geht. Also habe ich alles ausgeblendet. Ich habe die Schlafzimmertür geschlossen – buchstäblich."

„Aber stell dir vor, wie deine Leser reagieren würden, wenn du einen Roman über Gary und Mick schreiben würdest", beharrte Julian. „Diesmal keinen Krimi, sondern mit dem Fokus des Buchs auf ihrer persönlichen Beziehung. Würde das nicht funktionieren?"

„Ich weiß, worauf du hinaus willst", warf Michael ein. „Aber du übertreibst es vielleicht ein bisschen."

„Hey, ich versuche, Jim ein paar Ideen zu liefern", entgegnete Julian. „Er sagt, er sucht nach Ideen, richtig? Tja, ich weise nur darauf hin, dass es möglicherweise funktionieren könnte, die Bücher sexyer zu machen."

„Und vielleicht will er nicht mehr Sex in seinen Büchern, hast du daran schon mal gedacht?" Michael durchbohrte Julian mit einem Blick. „Da ich sie alle gelesen habe und du nicht, weiß ich vielleicht, wovon ich rede. Denn sie müssen *nicht* in Einhand-Literatur verwandelt werden, okay?"

„Habe ich gesagt, dass sie das sein sollten?" Julian starrte Michael an. „Wir reden hier nicht von Büchern, die zur Hälfte aus Sexszenen bestehen." Er wandte sich an Jim. „Das ist nicht das, was ich vorschlage, glaub mir. Aber du könntest sie sich ständig berühren lassen. Die sexuelle Spannung zwischen ihnen aufbauen. Und dann – *bumm* –

entlädt sie sich in einer leidenschaftlichen Szene, die die Seiten *und* ihre Laken in Flammen aufgehen lässt." Julians Augen funkelten. „Vielleicht sicherheitshalber zwei oder drei Szenen."

„Sie werden nicht ficken, verstanden?", platzte Jim heraus. In dem Moment, als er die Worte aussprach, bereute er sie. Er holte tief Luft und versuchte, seinen schneller werdenden Herzschlag zu beruhigen. „Hör zu, es tut mir leid. Ich hätte das nicht sagen sollen, und schon gar nicht in diesem Ton. Du... Du hast einen Nerv getroffen, das ist alles."

Michael seufzte schwer. „Du brauchst dich nicht zu entschuldigen." Er warf einen Blick in Julians Richtung. „Ich würde sagen, es handelt sich hier um einen Fall von massiver Provokation. Es sind deine Bücher. Du schreibst sie, wie du es für richtig hältst."

Jim trank einen großen Schluck von seinem Cocktail. Sein Herz schlug immer noch schnell.

„Mir tut es auch leid", sagte Julian leise. „Ich hatte kein Recht, diese Vorschläge zu machen. Ich schätze, ich bin zu weit gegangen. Michael hat natürlich recht. Wenn sich deine Bücher bereits gut verkaufen, dann gilt: Wenn etwas funktioniert, lässt man lieber die Finger davon."

Julians zerknirschter Tonfall und seine offensichtliche Ernsthaftigkeit beruhigten ihn. „Ich... ich war nicht ganz ehrlich zu dir. Ich habe dir meine Standardantwort zum fehlenden Sex in meinen Büchern gegeben, aber das ist nicht der Grund, warum ich solche Szenen vermeide." Er atmete erneut tief durch. „Ich könnte sie nicht überzeugend schreiben, okay? Ich fühle mich einfach nicht wohl dabei, Sexszenen zu schreiben."

Michael stand von seinem Platz auf der Couch auf, kam herüber und setzte sich an Jims andere Seite. „Ich lese eine Menge von weiblichen Autoren, die Bücher mit schwulem

Sex schreiben. Die kriegen das ganz gut hin. Aber ich kann verstehen, dass dich als Hetero das vielleicht abschreckt."

Jims Herzschlag beschleunigte sich sofort wieder. „Wer sagt denn, dass ich hetero bin?" Es war ja kein Geheimnis, außer natürlich für alle seine Leser. Und seine Agentin. Und seinen Verleger.

Michael starrte ihn an, dann beugte er sich vor und schlug Julian aufs Bein. „Siehst du? Dein Schwulenradar ist *völlig* daneben. Du musst dir dein Geld zurückerstatten lassen."

Julian ignorierte ihn und warf Jim einen verwirrten Blick zu. „Ich verstehe es nicht. Du bist schwul?" Jim nickte. „Aber du schreibst doch über zwei schwule Männer. Dann schreib doch, was du kennst."

Jim schluckte. „Glaub mir, wenn ich das tun würde, gäbe es keine gute Lektüre ab."

„Oh Gott." Julians Augen weiteten sich. „Du bist... Du bist keine Jungfrau, oder?"

Das entlockte ihm ein Lächeln. „Nein, bin ich nicht. Ich habe nur keinen Sex. Und du weißt auch schon, warum, denn ich habe es bei unserem Ausflug irgendwie angedeutet."

„Als du sagtest, du hast eine Menge schlechter Beziehungen beobachtet?", fragte Michael.

Jim nickte. „Ich mag keine Komplikationen, also... vermeide ich sie. Ich habe mich dran gewöhnt, mich von Gefühlen und körperlichen Begegnungen zu distanzieren. Außerdem habe ich eine sehr niedrige Toleranzschwelle, was Schwachsinn angeht, also lasse ich mich nicht oft auf Menschen ein."

„Du lässt dich auf uns ein", kommentierte Michael.

„Ja, stimmt. Aber ich habe auch noch nie ein Paar wie euch getroffen." Er schaute Julian an. „Was wäre denn so schlimm daran, wenn ich noch Jungfrau wäre?"

„Oh, das wäre nicht *schlimm*." Julians Augen funkelten.

„Als ich noch jung war, habe ich es genossen, Kerle zu entjungfern. Nein, in *deinem* Fall wäre es einfach unglaublich."

Jim versteifte sich. „Wie bitte?"

Julians Lächeln ließ sein Gesicht aufleuchten. „Schatz, ich habe dir doch gesagt, wie umwerfend du bist. Nicht erwähnt habe ich, wie sehr ich mir gewünscht habe, das hier zu tun." Und bevor Jim fragen konnte, was *das hier* war, lag Julians Hand auf seiner Wange, und Julian küsste ihn auf den Mund, langsam und sinnlich.

Was zum Teufel?

Jim wich zurück, befreite sich aus Julians Umarmung und schluckte schwer. Julians Lippen hatten sich wunderbar angefühlt, aber das war nicht der Punkt. Michael saß direkt neben ihnen.

Julian schaute ihn unverwandt an. „Das hat dir gefallen."

„Du hättest zuerst fragen können", platzte es aus ihm heraus.

„Aber wo bleibt da der Spaß?" In Julians Augen lag Belustigung.

Jim wandte ruckartig den Kopf und starrte Michael an. „Wie... wie kannst du einfach nur... dasitzen?"

Michael nickte. „Du hast natürlich recht. Ich sollte stinksauer sein. Was ich auch bin. Er durfte dich zuerst küssen. Und jetzt will ich drankommen."

Bevor Michael fortfahren konnte, sprang Jim von der Couch auf. „Ich verstehe nicht, was hier vorgeht." In seinem Kopf drehte sich alles.

„Was gibt es da zu verstehen?" Julian warf ihm einen verwirrten Blick zu. „Oder kommen Dreierbeziehungen in deinem Weltbild nicht vor, Mister Schriftsteller?" Seine Lippen zuckten.

„Bitte, Jim, setz dich", forderte Michael ihn auf.

Mit klopfendem Herzen setzte Jim sich wieder. Er wollte

mehr wissen. Er wollte es verstehen. „Ihr seid seit fünfundzwanzig Jahren zusammen. Ihr seid glücklich verheiratet. Oder täusche ich mich, und es ist nur gespielt? Geht eure Beziehung in Wirklichkeit gerade in die Binsen und ihr kittet die Risse durch sexuelle Begegnungen mit anderen?"

„Ganz und gar nicht", sagte Michael herzlich. „Unsere Ehe ist wunderbar."

„Wir haben ebenfalls schon viele Beziehungen scheitern sehen", gab Julian zu. „Unsere hat wegen der drei Dinge gehalten, die ich erwähnt hatte – Kommunikation, Erwartungen und Ehrlichkeit."

„Ehrlichkeit?" Jim kapierte gar nichts mehr. „Das hast du also gemeint, als du neulich von eurer *Art zu leben* gesprochen hast." Jetzt ergab die Bemerkung einen Sinn.

Michael nickte. „Wir haben immer gewusst, dass Sex für uns wichtig ist. Aber wir sahen keinen Grund, darauf zu verzichten, wenn jemand auftauchte, der... uns interessierte."

„Wir haben eine Regel", sagte Julian. „Wir spielen nur zusammen. Wenn also ein Kerl – oder mehrere Kerle – auftauchen und offensichtlich etwas da ist, ein Funken Anziehung, Lust, wie auch immer du es nennen willst – dann laden wir sie zum Spielen ein."

„Keine weiteren Verpflichtungen. Keine Komplikationen. Sie wissen von vornherein, dass es nur eine kurzlebige Sache ist. Es soll Spaß machen. Wir genießen einander, und dann gehen sie", fügte Michael hinzu.

„Wir *suchen* nicht nach solchen Männern", sagte Julian eindringlich. „Wenn wir den Rest unserer Tage nur noch Sex miteinander hätten, wäre das voll und ganz in Ordnung."

„Für uns funktioniert es", erklärte Michael mit Nachdruck. „Eifersucht ist kein Thema, solange wir offen und ehrlich zueinander, und zu den Männern sind, die in unser Leben treten."

„Michael hat recht. Wir führen eine wunderbare Ehe. Und dass wir beide offen sagen, was wir wollen, macht sie so wunderbar." Julian sah Jim fest in die Augen. „Und im Moment... wollen wir dich."

„Aber nur, wenn du das auch willst", fügte Michael schnell hinzu.

Jim hatte keine Ahnung, was er wollte.

Er stand wieder auf. „Ich muss gehen." Seine Gedanken rasten, sein Herz hämmerte und etwas flatterte tief in seinem Bauch. Hitze drohte, ihn zu überwältigen, und seine Brust fühlte sich eng an.

„Bitte –"

Michael hob eine Hand, um Julian zum Schweigen zu bringen, bevor er Jim in die Augen sah. „Es ist in Ordnung. Wenn du dich unwohl fühlst, musst du natürlich gehen." Er verzog das Gesicht. „Es tut mir leid, falls wir alles ruiniert haben."

Jim konnte nicht sprechen. Er ging zur Tür, schlüpfte in seine Stiefel und zog seinen Mantel an. Ohne ein weiteres Wort war er aus dem Haus, rannte fast den Weg entlang und die Nachtluft biss in seine ungeschützte Haut. Das Mondlicht reichte gerade aus, um den Weg zu erhellen.

Was zur Hölle?

Er wurde etwas langsamer und versuchte, sich unter Kontrolle zu bekommen, denn er war völlig durcheinander. *Ist das gerade passiert?* Julians Kuss lief in einer Endlosschleife in seinem Kopf. *Fuck!* Er konnte immer noch dessen warme Lippen auf seinen spüren. Er konnte Julians leisen Seufzer hören, die Berührung seiner Hand auf dem Gesicht spüren. Und lieber Gott, das *Versprechen* in diesem Kuss...

Als er die Hütte erreichte, blieb er davor stehen, starrte in den Nachthimmel und gab sein Bestes, um seinen Verstand zur Ruhe zu bringen und die Situation mit klarem Kopf zu betrachten.

Ist es denn so schlimm, was sie haben? Sie gehen ehrlich damit um. Klar, Jim wusste, dass solche Beziehungen existierten, aber er hatte immer angenommen, dass sie zum Scheitern verurteilt waren. Eifersucht würde mit Sicherheit ihr hässliches Haupt erheben. Aber hier waren Michael und Julian, und sagten ihm das Gegenteil.

Er drehte sich um und starrte in Richtung ihres Hauses.

Könnte es funktionieren?

Allerdings hatte er die Antwort auf diese Frage bereits selbst gesehen. Für sie funktionierte es ganz offensichtlich.

Und was ist damit, dass sie mich wollen?

Jim entfernte sich fröstelnd ein paar Schritte von der Hütte. *Ich wollte, dass sie mich so ansehen, wie sie einander ansehen.* Er wäre ein Lügner, wenn er abstreiten würde, dass ein Teil von ihm ihr Angebot annehmen wollte. Der Gedanke reichte aus, dass er wieder auf den Weg zusteuerte.

Dann hielt er inne und blieb im Halbdunkel des Waldes stehen, wo die Umrisse der Bäume silbern im Mondlicht schimmerten.

Aber was genau war *ihr Angebot? Sie wollen keine Beziehung, nur Sex ohne weitere Verpflichtungen. Zwei sexy Kerle bieten mir an, mich zu ficken, ganz ohne Komplikationen. Wenn wir fertig sind und ich hier weggehe, war's das. Keine negativen Konsequenzen.*

Er erstarrte. So einfach konnte es doch nicht sein, oder?

Er drehte sich um und betrachtete die Hütte. *Ich sollte reingehen und es für heute Abend gut sein lassen. Ich sollte die Sache auf sich beruhen lassen.*

Aber tief in seinem Inneren wusste er, dass er das nicht wollte.

Wenn ich es täte... müsste ich eine eigene Regel aufstellen. Wenn es anfängt, sich komisch anzufühlen, hören wir auf. Schließlich hatten sie ihre Regel, warum sollte er nicht auch eine haben?

Dann fiel Jim auf, dass er sich wieder in Richtung ihres Hauses gewandt hatte. Es schien, als würde sein Unterbewusstsein ihm einen Schubs geben.

Ich schätze, ich habe mich entschieden.

Er machte sich in zügigem Tempo auf den Weg zum Haus, zum Teil wegen der Kälte, aber vor allem aus Angst, dass er es sich auf dem Weg noch einmal anders überlegen würde, wenn er sich Zeit ließ.

Er ging zur seitlichen Veranda und klingelte, wobei sein Herz rasend schnell schlug. *Das ist doch kein Fehler, oder? Tue ich das Richtige? Was, wenn –*

Michael erschien mit großen Augen an der Tür und öffnete sie. „Hey."

Jim holte tief Luft und verließ seine Komfortzone. „Können wir es bitte noch mal versuchen?"

Kapitel 8

Michael runzelte leicht die Stirn. „Oh. Wir hätten nicht gedacht, dass wir dich heute Abend noch einmal sehen würden. Julian richtet gerade das Abendessen."

Für Jim war das ein Zeichen. „Tut mir leid. Ich will euch nicht stören." Er wandte sich zum Gehen und bemerkte verstört, dass er ein wenig zitterte. Der ganze innere Konflikt, das ganze geistige Hin und Her, und dann lief es auf schlechtes Timing hinaus.

„Warte bitte!"

Jim blieb stehen und warf einen Blick zurück. Michael bedeutete ihm, ins Haus zu kommen. „Es ist genug da. Es ist zwar nur Eintopf, aber Julian ist ein großartiger Koch. Isst du mit uns?"

Jim überlegte einen Moment. „Ich möchte mich nicht aufdrängen."

Michael schenkte ihm ein warmes Lächeln. „Das könntest du gar nicht. Und jetzt komm rein, bevor meine Eier einfrieren und abfallen, und Julian sie mit Kupferfarbe besprüht und als Christbaumschmuck verwendet."

„Wow. Das ist ziemlich anschaulich." Er gluckste. „Tja, das können wir nicht zulassen." Er trat in den warmen Raum und zog seine Stiefel aus. Michael half ihm aus dem Mantel und hängte ihn wieder auf. Jim konnte den Eintopf riechen, denn der Duft breitete sich im Haus aus, und sein Magen knurrte.

„Babe? Noch ein Gedeck, bitte." Michaels Hand lag auf Jims Rücken, sanft und beruhigend. „Wir haben Besuch." Seine Stimme war so herzlich wie sein Lächeln.

Julian erschien mit der Geschwindigkeit eines Springteufels und seine Augen leuchteten auf, als er Jim erblickte. „Oh, Gott sei Dank."

Jim grinste. „Was, keine Schürze mit nackten Männern heute Abend?"

Julian lachte. „Ich bin mir ziemlich sicher, dass ich heute Abend irgendwann einen nackten Mann an mir haben werde." Dann verschwand er aus dem Blickfeld. „Komm und hol's dir!", rief er.

„Er meint das Abendessen, oder?", scherzte Jim.

Michael rieb ihm den Rücken, und die Geste wirkte beruhigend. „Ich bin so froh, dass du zurückgekommen bist. Lass uns jetzt erst einmal das Essen und vielleicht auch eine gute Unterhaltung genießen."

Jim war so weit gekommen, er wollte jetzt keinen Rückzieher machen. Sein Herzschlag beschleunigte sich. „Ich... Ich wäre vielleicht für etwas mehr als nur eine Unterhaltung zu haben." Es war schon lange her, dass er mit einem Mann zusammen gewesen war, und noch nie mit zweien, also musste er spontan sein.

Michaels Augen funkelten. „Was immer du willst, okay? Heute Abend gelten deine Regeln."

Das beruhigte sein aufgeregt schlagendes Herz ein wenig. „Okay." Er folgte Michael ins Esszimmer, wo Julian gerade Rotwein in die Gläser goss.

Er hielt die Flasche hoch. „Möchtest du auch?"

„Gern." Jim setzte sich auf den Stuhl, den Michael für ihn herausgezogen hatte. „Das riecht wunderbar." Das Abendessen war weit von seinen Vorstellungen, was passieren würde, entfernt, und doch war es perfekt.

„Nur eine Kleinigkeit, die ich zusammengeschmissen habe. Rindfleisch, Zwiebeln, Rotwein, Knoblauch..."

„Mir läuft schon das Wasser im Mund zusammen." Jim wartete, während Julian den Eintopf in eine tiefe Schüssel schöpfte, und nahm sich ein Stück von dem herrlich duftenden Brot. Er sah auf den Boden. „Warum ist Buster nicht hier und bettelt mit diesem süßen Hundeblick?"

Julian schnaubte. „Weil er weiß, dass es dann für eine sehr lange Zeit keine Leckerlis mehr gibt."

„Wobei Julian allerdings verschweigt, dass er manchmal die Regeln vergisst und Buster wie einen kleinen Staubsauger benutzt", fügte Michael hinzu. „Und jetzt iss, solange er nicht da ist."

Der erste Bissen war himmlisch, und Jim konnte ein leises, genüssliches Stöhnen nicht zurückhalten.

Michael nickte lächelnd. „Bin ich nicht ein glücklicher Mann? Er malt, er kocht, er putzt..."

„Und ich bin auch ziemlich gut im Bett", fügte Julian mit einem Funkeln in den Augen hinzu.

Jim mochte es, wie Michael Julian in die Augen schaute. „*Ziemlich gut*? Wie wäre es mit *verdammt umwerfend*?"

Julian griff nach Michaels Hand, hob sie an die Lippen und küsste seine Fingerknöchel.

Jim hatte noch nie ein Paar getroffen, das nach so vielen gemeinsamen Jahren so offensichtlich ineinander vernarrt war. *Liegt vielleicht daran, dass ich Zeit mit den falschen Männern verbracht habe.* „Ihr zwei inspiriert mich", sagte er leise.

„Wozu?", fragte Julian mit einem spielerischen Ton in der Stimme.

Jim trank einen Schluck Wein. „Ich muss ehrlich zu euch sein. Besonders zu dir, Michael." Als Michael ihn verdutzt ansah, seufzte Jim. „Du hast mich vor ein paar Tagen gefragt, was ich für Gary und Mick geplant habe. Das Buch, das ich letzte Woche eingereicht habe? Es ist das letzte Buch für sie. Das allerletzte."

Michaels Kinnlade fiel herunter. „Du... Du beendest die Reihe?"

Jim nickte. „Ich habe viel darüber nachgedacht und bin zu dem Schluss gekommen, dass ich die Reihe nicht mehr schreiben will. Ich wollte etwas anderes ausprobieren. Deshalb bin ich hierhergekommen. Ich brauchte Inspiration. Das Problem war nur, dass mich nichts inspiriert hat. Es gab keine Aha-Erlebnisse. Keine glänzenden neuen Buchideen. Und dann habe ich euch beide getroffen."

„Du könntest über uns schreiben", neckte Julian ihn.

Michael brachte ihn zum Schweigen, bevor er seine volle Aufmerksamkeit auf Jim richtete. „Wow", sagte er, die Hand auf die Brust gelegt. „Erst einmal, der Gedanke, dass es keine Morde mehr zu lösen geben wird, bricht mir das Herz. Aber es sind deine Bücher. Und zweitens, ich bin fasziniert. Wie haben wir dich inspiriert?"

„Ihr werdet lachen." Jim hatte definitiv laut gelacht, als ihm die Idee gekommen war. Sie war so... ausgefallen.

Michaels Gesichtsausdruck wurde ganz ernst. „Ich werde nicht lachen."

„Ich auch nicht", sagte Julian schnell.

Jim trank einen weiteren Schluck Wein. „Ich habe mit dem Gedanken gespielt... schwule Literatur zu schreiben. Wo die Hauptfiguren schwul sind und die Geschichte sich um sie dreht – ihr Leben, ihre Erfahrungen, ihre Liebe..." Er verkniff sich ein Lächeln. „Vielleicht ist sogar ein bisschen Liebe dabei." Er fühlte sich jetzt wohler und aß weiter. Es war eine Erleichterung es rauszulassen.

„Ich halte das für eine großartige Idee", sagte Michael mit einem strahlenden Lächeln. „Ein ganz neues Genre zu erobern."

Seine Begeisterung war der Balsam, den Jim brauchte, um seine Ängste zu besänftigen. „Danke für das Vertrauensvotum."

Sie verfielen in Schweigen, während sie aßen, aber es war ein angenehmes Schweigen. Jim war entspannt, sein innerer Aufruhr von vorhin vergessen. Als sie fertig waren, zeigte Julian Richtung Wohnzimmer. „Warum setzt du dich nicht an den Ofen, während ich Kaffee koche?" Er legte den Kopf schief. „Es sei denn, du willst direkt abhauen."

Jim lächelte. „Ich habe es nicht eilig."

Das Leuchten in Julians Augen wirkte Wunder für sein Ego. „Toll. Dann setz dich schon mal. Ich bin gleich da." Er warf einen Blick auf Michael. „Und du? Kümmere dich um unseren Gast. Ich glaube, du hast was aufzuholen."

Michaels scharfes Einatmen sagte Jim, dass ihm gerade etwas Wichtiges entgangen war.

Er folgte Michael ins Wohnzimmer, und Buster erhob sich von seiner Decke und kam zu ihnen. Jim ging in die Hocke, um den kleinen Hund zu begrüßen. „Hallo, du." Er kraulte Buster hinter den Ohren. „Wie geht's meinem Lieblingshund?"

„Das ist süß." Michael setzte sich aufs Sofa.

„Ich meine es ernst. Er ist hinreißend. Und auch so ein guter Hund. Du hast nicht um Häppchen vom Abendessen deiner Daddys gebettelt." Er streichelte über Busters Rücken, und Buster drehte sich und zeigte ihm sein struppiges Bäuchlein. Jim seufzte. „Niemand liebt einen wie ein Hund."

Buster leckte ihm die Hand, als würde er ihm antworten.

Michael klopfte auf das Polster neben ihm, in der Mitte des Sofas. „Setz dich hierher."

Jims Herz beschloss, wieder schneller zu schlagen. Er ging

zu Michael und klemmte sich auf die Kante der Couch, aber Michael legte ihm eine Hand auf die Schulter und schob ihn nachdrücklich nach hinten. „Also, wo waren wir stehengeblieben?", flüsterte Michael, bevor er sich vorbeugte und Jims einen keuschen Kuss auf den Mund drückte.

Für einen ersten Kuss war er sehr süß. Und dann zupfte Michael sanft mit den Zähnen an Jims Unterlippe, und alles änderte sich. Michaels Hand lag in Jims Nacken, streichelte ihn, und seine Zunge war in Jims Mund und erforschte ihn.

Jim stöhnte leise und Michel zog sich sofort zurück. „Zu viel?"

Jim schüttelte den Kopf. „Nicht genug." Und dann legte er eine Hand an Michaels Kopf und zog ihn in einen Kuss, der eine warme Woge durch ihn hindurchströmen ließ. Michael rieb über Jims kurzes Haar und ließ seine Finger tiefer gleiten, strich mit dem Daumen über Jims bärtiges Kinn, während er an Jims Zunge saugte, was ihm Schauer der Begierde über den Rücken jagte.

Das Sofa senkte sich, und plötzlich lag ein warmer Mund auf Jims Hals und küsste ihn, und Jims Schauer wurden intensiver.

„Du riechst so gut", murmelte Julian. Er schnippte mit der Zunge gegen Jims Ohrläppchen, und Jim erbebte. Die Stelle direkt darunter war eine erogene Zone, die Jim fast vergessen hatte, und Julian steuerte darauf zu, wie eine wärmesuchende Rakete, und saugte daran, während seine Hand auf Jims Brust lag und sein Daumen durch den Pullover hindurch über Jims Brustwarze rieb.

„Oh, Fuck", murmelte Jim in Michaels Kuss und stieß einen Seufzer aus, als Michaels Hand sich zu Julians gesellte. Dann lagen Michaels Lippen auf seinem Hals, und Julian eroberte seinen Mund, wobei beide leise

Geräusche von sich gaben, die Jim verrieten, dass sie dies genauso sehr genossen wie er.

Julian schob eine Hand unter den Saum seines Pullovers. „Darf ich?"

Jim gefiel, dass er das fragte. „Gott, ja." Er stöhnte, als Michael kräftiger an seinem Hals saugte. Morgen früh würde er dort einen Fleck haben und er wollte das. Er wollte sich an die Intimität des Augenblicks erinnern, an die leisen Geräusche der Lust und Erregung, an das Gefühl von Julians Fingern auf seiner nackten Haut, nachdem er Jims T-Shirt aus dem Hosenbund gezogen hatte und seinen Bauch unter dem Pullover in trägen Kreisen streichelte, sich höher, höher, höher bewegte...

Jim schnappte nach Luft, dann stöhnte er, als Julian seine Brustwarze packte und sie ein wenig zwirbelte.

Woher hat er das bloß gewusst? Es hatte keine Hinweise gegeben, er hatte nichts zu ihnen gesagt, und doch hatte Julian irgendwie Jims Bedürfnisse erkannt. Er stöhnte auf, als Julian ihm grob T-Shirt und Pullover bis unters Kinn schob und dann seinen Mund auf Jims Brustwarze presste. Michaels Mund auf seinem dämpfte das Stöhnen, es war jetzt kein süßer, zärtlicher Kuss mehr, sondern ein energischer, fordernder, leidenschaftlicher Kuss, bei dem seine Zehen sich verkrampften und der eine Hitzewelle nach der anderen durch ihn pulsieren ließ.

Dann wanderte Michaels Hand zu Jims Schritt, und Jim wusste, dass er seine Grenze erreicht hatte. „Hör auf, bitte."

Es war, als hätte man einen Schalter umgelegt. Beide Männer lehnten sich zurück. Sie waren ein wenig außer Atem, ihre Pupillen groß und dunkel, ihre Gesichter gerötet.

„Zu schnell?" Michael schaute Jim in die Augen, seine Hand lag sanft auf Jims Bauch.

Julian streichelte Jims Wange. „Bist du okay?"

Jim zitterte. „Überwältigt, glaube ich." Er holte ein paar Mal tief Luft, um seinen bebenden Körper zu entspannen. „Bitte... denkt nicht, dass ich euch was vorgemacht hab, oder –"

Michael brachte ihn zum Schweigen, indem er ihm einen Finger auf die Lippen legte. „Pscht. Es ist alles in Ordnung. Und das denken wir nicht." Er nahm seinen Finger weg, beugte sich vor und küsste Jim auf die Wange. Jim seufzte erleichtert auf.

Julian nickte. „Wie lange ist es her, dass du mit jemandem rumgemacht hast?"

Jim gab ein ironisches Lachen von sich. „Lange genug, dass ich mich nicht erinnern kann?" Und es war *ein* Mann gewesen.

Mit zwei Männern rumzumachen, drohte, ihn um den Verstand zu bringen.

Nur fühlte er sich jetzt, da er ihr Rummachen abrupt beendet hatte, ganz schön unbehaglich. „Vielleicht sollte ich gehen", meinte er und zog seinen Pullover herunter, um seine nackte Haut zu bedecken. Wie sollte er sich jetzt bloß verhalten, nachdem er sie alle mitten im Geschehen gestoppt hatte?

Michael legte seine Hand auf Jims Hand. „Du kannst unter ein paar Bedingungen gehen."

Jim blinzelte. „Und die wären?"

Michaels Blick hielt seinen fest. „Dass du nicht wegbleibst, weil du dich unwohl fühlst. Ich würde es hassen, wenn das passiert."

„Ich auch", murmelte Julian.

„Und... Wenn du das Gefühl hast, dass du dies fortsetzen willst, dann lass es uns wissen. Wir werden dich nicht drängen", beteuerte Michael.

Dann beugte Julian sich vor und küsste ihn. „Und wir

werden auch nicht aufhören, dich zu wollen", flüsterte er.

Jim schluckte. „Ich... werd's mir merken." Er stand auf, und sie erhoben sich mit ihm. „Vielen Dank für das Abendessen."

Julian grinste. „Danke fürs Dessert."

„Dessert? Welches – oh." Jims Wangen wurden heiß. „Gern geschehen."

„Es war ein ziemlich leckeres Dessert", sagte Michael mit einer tiefen, sexy Stimme, die etwas in Jims Innerem auslöste. „Du kannst es gern wieder mit mir teilen. Jederzeit."

„Nur vorzugsweise nicht, wenn er arbeitet und einen Meißel in der Hand hat", fügte Julian mit funkelnden Augen hinzu. „Dann würde ich mich fernhalten."

Jim lachte leise. „Alles klar."

Sie begleiteten ihn zur Tür, und nachdem er seine Stiefel angezogen hatte, half Michael ihm in seinen Mantel und knöpfte ihn zu. „Bekommen wir einen Gutenachtkuss?"

Jim nickte, und sein Herz schlug bei dem Gedanken, Michaels Lippen wieder auf seinen zu spüren, ein wenig schneller. Dann legten sich zwei Münder auf seinen, und Jim ließ sich darauf ein, erstaunt, dass ein Kuss zu dritt überhaupt möglich war.

Julian streichelte noch einmal Jims Wange. „Ja, ich hatte recht. Du bist etwas ganz Besonderes, Jim Traynor." Er öffnete die Tür, und Jim trat in die kalte Nachtluft hinaus. Michael und Julian winkten ihm zu, als er zügig den Weg entlang ging, und dann waren sie verschwunden.

Jim eilte zu seiner Hütte zurück, während die Szene in seinem Kopf immer wieder ablief. Er wollte zu seinem Laptop und in sein Tagebuch schreiben. Er wollte sich an alles erinnern, solange es noch frisch war.

Er wusste auch, dass es nicht lange dauern würde, bis er für mehr zurückgehen würde.

Kapitel 9

Michael schaltete das Licht im Bad aus und ging nackt ins Schlafzimmer. Julian war bereits im Bett, er lag auf dem Rücken und hatte den Blick auf die Decke gerichtet. Michael blieb am Fußende des Bettes stehen und wartete darauf, dass Julian seine Erektion bemerkte.

Es war ja nicht so, dass er sie übersehen konnte. Michaels Schaft war wie Stahl.

Nichts. Nicht einmal ein Blick.

Michael räusperte sich, und Julian stützte sich auf die Ellbogen. „Ist mir was entgangen?" Michael nickte mit einer winzigen Kopfbewegung in Richtung seines Schritts. Julian lächelte. „Ist das für mich?"

„Ja – sobald du mir sagst, wo du gerade warst."

Zu seiner Überraschung nahm Julian seine vorherige Position wieder ein. „Ich hab nur nachgedacht, das ist alles."

Michael kletterte auf das Bett und krabbelte zu Julian, der unter der Bettdecke lag. „Jetzt mache ich mir wirklich Sorgen." Er legte seine Hand auf Julians Stirn. „Na ja, Fieber hast du nicht."

Julian runzelte die Stirn. „Wovon redest du?"

Michael biss sich auf die Lippe. „Seit wann ignorierst du meinen Schwanz, wenn er dir angeboten wird? Es sei denn, du bist krank. Aber dann war da das eine Mal, als du –"

Julian unterbrach Michael, indem er ihm einen Finger auf die Lippen legte. „Ich hab an Kristofer gedacht, wenn du es unbedingt wissen musst."

Der Name genügte, um Michael all seiner Absichten zu berauben.

Er erstarrte. „Wie bist du denn auf ihn gekommen?" Seit Jahren hatte keiner von ihnen diesen Namen erwähnt. Was Michael betraf, war es keine bewusste Entscheidung, nicht über ihn zu sprechen, sondern eher eine Form des Selbstschutzes.

Es tat immer noch weh, sich an ihn zu erinnern.

Er schlüpfte unter die Bettdecke und legte sich neben Julian auf die Seite, streckte die Hand aus und streichelte über seinen Bart. „Babe?" Als keine Antwort kam, umfasste er Julians Kinn. „Rede mit mir."

„Vielleicht liegt es an Jim", meinte Julian.

Man musste kein Genie sein, um herauszufinden, warum.

„Er hat etwas von Kristofer an sich, nicht wahr?" Nicht, dass es anfangs offensichtlich gewesen wäre. Es hatte Jims Reaktion auf ihren gemeinsamen Kuss gebraucht, um deutlich zu machen, wie ähnlich sich die beiden Männer waren.

„Himmel, Michael." Julian schauderte. „Die Geräusche, die er gemacht hat. Wie er gezittert hat, als ich mit seinen Nippeln gespielt habe. Dieser Reh-im-Scheinwerferlicht-Blick, als er sich gehen ließ, nur ein bisschen, als hätte er erst jetzt verstanden, wie gut es sein kann."

Oh Gott. Julian hätte über sie beide sprechen können.

Michael zog Julian in seine Arme und hielt ihn fest. Julian vergrub sein Gesicht an Michaels Brust, und Michael wurde das Herz schwer, als er die leisen Schluchzer spürte, die seinen Körper erschütterten. Es wäre ein

Leichtes gewesen, Julians Trauer zu teilen – nicht, dass Michael jemals aufgehört hätte zu trauern –, aber er hatte sich schon vor langer Zeit entschieden: Trauer war kein Ort, an dem man verweilte, und einer von ihnen musste stark sein.

Er streichelte Julians Kopf und drückte einen Kuss darauf. „Oh, Baby. Ich weiß. Aber das ist der Grund, warum wir bei belanglosen Begegnungen bleiben, oder? Deshalb sind wir zufrieden mit Männern, die kommen und gehen. Weil wir das nicht noch einmal durchmachen können." Das würde sie vernichten.

Julian drehte den Kopf, um Michael in die Augen zu sehen. „Ich habe ihn geliebt, weißt du? Ich habe Kristofer verdammt noch mal *geliebt.*"

Michael küsste ihn auf die Stirn. „Ich weiß, Babe. Ich auch. Aber wir mussten ihn gehen lassen, richtig?"

Julians Augen funkelten. „Dieses Arschloch Ray hat uns keine Wahl gelassen."

Michael umfasste Julians Wange. „Denk mal darüber nach. Wie würdest *du* dich fühlen, wenn du jemanden kennenlernst, dich leidenschaftlich in ihn verliebst, ein Leben mit ihm aufbauen willst – und dann herausfindest, dass dein zukünftiger Partner zwei Daddys hat? Ray mochte keine offenen Beziehungen."

„Meinst du, es hat Kristofer das Herz gebrochen, so wie es uns das Herz gebrochen hat?" Julian wischte sich mit der Hand über die Augen. „Ich hasse die Vorstellung, dass er unglücklich ist."

„Ich weiß." Michael schlang die Arme um Julian. „Aber wir haben getan, was wir versprochen haben. Wir haben jeglichen Kontakt abgebrochen. Wir haben uns nicht mehr nach ihm erkundigt." Er drückte einen weiteren sanften Kuss auf Julians Stirn. „Wir können nur hoffen und beten, dass er glücklich ist."

„Du bereust doch nicht, dass wir hierhergekommen sind, oder?", murmelte Julian gegen seine Brust.

Michael seufzte. „Nein, Baby, das tue ich nicht. Ich liebe, was wir hier haben."

„Und du denkst nicht, dass wir... weggelaufen sind?"

Das war eine knifflige Frage. „Ich glaube, wir sind ursprünglich hergekommen, um in Ruhe unsere Wunden zu lecken und ihn aus unseren Gedanken zu verbannen." Nicht, dass das anfangs geklappt hätte. Kristofer war mit ihnen umgezogen. Er war schließlich in ihren Herzen. Aber mit jedem Jahr, das verging, war der Schmerz über seinen Verlust ein wenig mehr von einem scharfen, stechenden Schmerz zu einem dumpfen verblasst.

„Und du bist glücklich mit unserem Leben?"

Michael hatte diese unsichere Seite von Julian schon lange nicht mehr gesehen, und es betrübte ihn. Er hatte wirklich geglaubt, sie hätten es hinter sich gelassen. „Was du Jim gesagt hast, war die Wahrheit", versicherte Michael ihm.

Julian schniefte. „Was genau? Ich habe vieles gesagt, seit wir ihn kennengelernt haben."

„Dass es völlig in Ordnung wäre, wenn wir für den Rest unserer Tage nur noch Sex miteinander hätten."

Julian drehte sich wieder auf den Rücken und zog Michael auf sich. „Du bist auch dieser Meinung?"

Michael lächelte. „Von ganzem Herzen." Er schloss die Lücke zwischen ihnen und küsste Julian sanft auf die Lippen. „Ich liebe dich."

Julian legte die Arme um Michaels Hals, seine Augen glänzten. „Ich liebe dich auch." Er schlang seine Beine um Michaels Taille. „Ich glaube, es gibt einen Ort, an dem du sein musst", flüsterte er.

„Und wo wäre das?" Michael ließ die Hüften kreisen, seinen Schwanz über Julians Schaft gleiten und genoss es, wie Julian der Atem stockte.

Julian umfasste Michaels Nacken und zog ihn zu einem Kuss zu sich herunter. „In mir", murmelte er gegen Michaels Lippen.

Michael küsste ihn, dann legte er seine Hand auf Julians Herz. „Ich dachte, da wäre ich schon."

Nach einer Nacht ungestörten Schlafs erwachte Jim zu Vogelgezwitscher. Er streckte sich unter der Bettdecke, zufrieden damit einfach dazuliegen und die Wärme zu genießen.

Ist es nicht erstaunlich, wie gut man sich von ein bisschen Rummachen fühlen kann? Gott, wenn man dieses Gefühl in Flaschen abfüllen könnte, könnte man damit ein Vermögen machen. Er schloss die Augen und war wieder dort, zwischen den beiden, Michaels Lippen auf seinen Lippen, Julians an seinem Hals. Jim umfasste seinen Schwanz und rieb ihn langsam, konzentrierte sich auf die Erinnerung an Julians Mund an seiner Brustwarze, heiß und feucht. Und die kleine Drehung, die Julian dem harten, kleinen Nippel verpasst hatte...

Seine Hand bewegte sich schneller, seine Gedanken waren jetzt auf sie drei fixiert, nur dieses Mal rieb Michael mit der Hand über Jims Schritt, und Jim hielt ihn *nicht* auf. Er griff fester zu, stellte sich vor, wie Michaels warme Finger unter seinen Hosenbund glitten, seinen steif werdenden Schwanz suchten, ihn streichelten.

Oh, Fuck. Dann legten sich *zwei* Hände um seinen Schaft und arbeiteten zusammen, und Jim merkte, dass er nur noch einen Hauch davon entfernt war zu kommen. So sehr er sich auch bemühte, er konnte es nicht zurückhalten und ergoss sich über seine Finger. Sein Bauch bebte und sein Atem hörte sich in der stillen Hütte laut an.

Es gab keinen besseren Grund, als sich säubern zu müssen, um einen Mann zum Aufstehen zu bewegen.

Als er bei seiner zweiten Tasse Kaffee angekommen war, steckte Jims Kopf voller Ideen. Die Aussicht, in einem neuen Genre zu schreiben, erfüllte ihn eher mit Aufregung als mit Beklemmung, und er wollte an diesem Gefühl festhalten. Er öffnete die Tür zu seinem Balkon und setzte sich auf einen der Stühle, eine dicke Decke über sich gelegt und das Notizbuch auf dem Schoß. Er hatte keine feste Vorstellung von einer Handlung, sondern schrieb, was ihm in den Sinn kam. Es war eine kathartische Erfahrung, seinen Gedanken freien Lauf zu lassen und keinen einzigen Einfall zu verwerfen.

Es war auch etwas, das er in all seinen Jahren als Schriftsteller bisher noch nie getan hatte.

„Einen wunderschönen guten Tag", rief Michael von unten.

Jim warf seine Decke ab und spähte über die Balkonbrüstung. Michael stand in seiner dicken Jacke da und Buster beschnüffelte den Boden um seine Füße herum. „Hat Buster dich hergebracht, oder war es diesmal andersrum?", neckte Jim ihn.

„Ich habe eine Pause gemacht. Außerdem war Busters Spaziergang fällig." Michael lächelte. „Hast du einen Kaffee da? Ich weiß, ist eine dumme Frage, denn leben nicht alle Schriftsteller von Kaffee? Aber ich hätte liebend gern eine Tasse, wenn du welchen hast."

Jim gluckste. „Ich wollte gerade eine frische Kanne aufbrühen. Komm rauf." Eine glatte Lüge, aber er war mehr Kaffee nicht abgeneigt. Er stellte die Maschine an und hielt aber inne, als ein kleiner, drahthaariger Hund mit einem fröhlichen Kläffen durch die Hütte gerannt kam. Jim bückte sich, um ihn zu begrüßen. „Hallo, Buster. Hast du auf dem Weg hierher etwas Interessantes gerochen?"

Michael lachte, als er in den Küchenbereich kam. „Ein Kaninchen, aber es ist entkommen." Er schaute sich in der Hütte um.

Es war das erste Mal, dass Michael sich unwohl zu fühlen schien, und Jim war neugierig. Er wies auf die Couch. „Setz dich. Der Kaffee ist gleich fertig." Jetzt, wo Michael da war, fühlte sich Jim ein wenig unbehaglich. Es war zu lange her, dass Jim die Feinheiten eines typischen Nach-dem-Sex-Gesprächs hatte beachten müssen.

„Ich bin nicht hier, um dich zu drängen", sagte Michael, als er sich setzte. Buster steuerte sofort auf seinen Schoß zu. „Ich habe gesagt, dass wir das nicht tun werden." Er begegnete Jims Blick. „Du fühlst dich nicht unwohl wegen letzter Nacht, oder?"

Jim entschied sich für die Wahrheit. „Ich bin mir nur nicht sicher, was ich sagen soll. Ich meine, was sagt man zu jemandem, der einem die Zunge in den Hals gesteckt hat?", scherzte er.

„Danke schön?", schlug Michael mit zuckenden Lippen vor. Er schien sich ein wenig zu entspannen.

Jim starrte ihn eine Sekunde lang an, bevor er in Gelächter ausbrach. „Ja, das wäre eine Möglichkeit." Der Kaffee tropfte in die Kanne, und Jim würde auf keinen Fall daneben stehen bleiben und warten. Er setzte sich zu Michael auf die Couch. „Woran arbeitest du?"

Michael lächelte schief. „Um ehrlich zu sein, im Moment an nichts. Ich durchforste ständig das Internet nach Inspiration für die Skulptur, von der ich dir erzählt habe – dem Akt? Aber bis jetzt hatte ich noch kein Glück."

„Hast du eine Ahnung, was du machen willst?", fragte Jim. „Ich meine, wird er stehen, sich die Zähne putzen, auf der Toilette sitzen..." Er schmunzelte. „Ich kann mir allerdings nicht vorstellen, dass das viele Leute kaufen wollen."

„Wie gesagt, ich habe nichts Bestimmtes im Sinn." Michael warf einen Blick auf Jims Notizbuch, das auf der Arbeitsplatte lag. „Was ist mit dir? Hast du schon Ideen für dein nächstes Buch?"

Jim lachte. „Jede Menge, von denen ich die meisten wahrscheinlich nicht verwenden werde. Aber wenigstens habe ich jetzt welche."

„Das liegt an uns." Michael warf sich in die Brust. „Wir haben offensichtlich deine kreativen Säfte zum Fließen gebracht."

Es lag Jim auf der Zunge, Michael zu verraten, was genau sie an diesem Morgen zum Fließen gebracht hatten. „Steht die Einladung auf Cocktails heute Abend noch?"

Michael strahlte. „Natürlich tut sie das. In der Tat..." Seine Augen funkelten. „Du bist jederzeit herzlich willkommen. Du musst nicht auf eine Einladung warten."

„Aber... Ihr habt doch beide zu arbeiten." Jim neigte den Kopf zur Seite, als er die Andeutung verstand. „Bekommt jeder, an dem ihr... interessiert seid, die gleiche Einladung?" Er machte sich keine Illusionen. Es musste schon viele Männer vor ihm gegeben haben, die die Aufmerksamkeit ihrer Gastgeber auf sich gezogen hatten.

Michael schüttelte langsam den Kopf. „Nur du."

Jim schluckte. „Und das nennst du nicht drängen?"

„Fuck." Michael fuhr sich mit der Hand über den Kopf. „Ich versuche hier mein Bestes, nicht zu sagen, was ich wirklich auf dem Herzen habe."

„Warum?" Jims Herzschlag beschleunigte sich.

Michaels entkam ein Stöhnen. „Weil ich das hier nicht

versauen will, okay? Ich will dich nicht abschrecken. *Wir wollen dich nicht abschrecken.*"

Jim nahm seinen ganzen Mut zusammen. „Na komm, sag schon."

Michael saß ganz still neben ihm. Buster spitzte die Ohren, als würde er Michaels Stimmung spüren. „Es tut mir leid", sagte er schließlich. „Ich hatte kein Recht, das zu sagen. Es ist nicht fair. Du machst keinen Urlaub, du bist hier, um zu arbeiten, und ich sollte dich nicht wegzerren –"

„Michael, um Himmels willen, spuck's aus!" Die Worte kamen lauter und schärfer heraus, als er beabsichtigt hatte, aber er musste es wissen.

Das entlockte Michael ein weiteres Stöhnen. „Ich will dich mit zu uns nehmen, dich ausziehen und in unser Bett stecken. Und dann will ich, dass wir drei den Rest des Tages mit Ficken verbringen. Seit ich heute Morgen aufgewacht bin, habe ich an nichts anderes mehr gedacht." Er schaute Jim in die Augen. „Deshalb habe ich auch nichts zustande gebracht." Ein langer Seufzer entkam ihm.

Jim bemühte sich angestrengt, Ruhe zu bewahren. Michaels unverblümte Worte entzündeten eine Lunte in ihm, und obwohl sein Herz hämmerte, wollte er das Feuer, das sich in seinem Körper ausbreitete, nicht löschen. Er holte tief Luft. „Wie wäre es dann, wenn ich die Kaffeemaschine ausschalte, meinen Mantel anziehe und wir rübergehen?"

Sie mussten *jetzt* gehen, *auf der Stelle,* bevor sein Gehirn sich wieder einschaltete und versuchte, ihn umzustimmen. Michaels stockender Atem und seine geweiteten Pupillen sagten mehr, als Worte es je könnten. Jim stand von der Couch auf, schaltete in der Küche alles aus, schloss die Balkontür ab und schnappte sich Stiefel und Jacke.

Ich kann nicht glauben, dass ich das tue.

Jetzt musste er nur noch sein Herz dazu bringen, sich zu

beruhigen.

Kapitel 10

Als sie sich dem Haus näherten, holte Michael sein Handy heraus und berührte den Bildschirm. Er lächelte Jim an. „Willst du wissen, wie sehr wir beide dies wollen? Dann pass mal auf." Er hielt sich das Handy ans Ohr. „Babe? Ja, ich weiß, dass du arbeitest... Babe... Jim ist bei mir. Was hältst du davon, dir einen Tag von deiner Leinwand freizunehmen und ihn in unserem Bett zu verbringen?"

Sekunden später flog die Tür zu Julians Atelier auf, und Julian warf seinen weißen Laborkittel beiseite, bevor er mit großen Schritten auf sie zu kam. „Die Arbeit kann warten."

Trotz seines aufgewühlten Magens und seiner enger werdenden Brust schmunzelte Jim. „Ich fühle mich geschmeichelt." Dann hämmerte sein Herz, als Julian geradewegs auf ihn zuging und ihn küsste, ohne auch nur zu versuchen, sein offensichtliches Verlangen zu zügeln. Er legte die Arme um Jim, umfasste seinen Hintern und drückte zu. Jim stöhnte in den Kuss hinein. „Können... Können wir das nach drinnen verlegen?"

Michael lachte. „Julian. Ganz ruhig. Lass ihn atmen."

Julian ließ ihn los, seine Augen leuchteten. Er sah Jim in die Augen. „Bist du dir sicher?"

Jim lachte nervös auf. „Nein?" Dann nahm Michael Jims

Hand, und verdammt, das fühlte sich gut an.

„Wir gehen es so langsam an, wie du willst", versicherte Michael ihm. „Aber im Moment möchte ich dich einfach nur halten."

Fuck. Jim fand seinen Mut wieder. „Dann bringt mich in euer Bett, denn ich will das auch."

Julian öffnete die Tür, und Buster folgte ihnen schwanzwedelnd hinein und sprang an Julians Beinen hoch. Jim beugte sich vor, um ihm den Kopf zu streicheln. Michael nahm Buster auf die Arme. „Tut mir leid, Buster Bear. Das ist einer der Momente, in denen du auf deinem Bett bleiben musst." Er setzte den kleinen Hund ab, und Buster trottete zu seinem Platz am Kamin.

Jim war irgendwie froh darüber. Es würde sich zu sehr anfühlen, als hätten sie einen Zuschauer, und Jim hatte auch so schon Schmetterlinge im Bauch, sein Herz hämmerte.

Vielleicht war, es langsam anzugehen, die beste Lösung.

„Kommt es mir nur so vor, oder hat Buster jedes Wort verstanden, das du gerade gesagt hast?", scherzte er.

Julian lachte. „Das sagen wir auch immer. Aber er weiß, was Sache ist. Keine pelzigen Störenfriede, wenn seine Daddys... beschäftigt sind."

„Können wir aufhören zu reden und uns ausziehen?" Michaels Ungeduld war erfreulich.

Sie zogen alle die Stiefel aus, ließen sie neben der Tür stehen, und Julian half Jim aus seiner Jacke. Er folgte ihnen ins Wohnzimmer, wo sie stehen blieben. Julian warf Michael einen scharfen Blick zu.

Michael nickte. „Okay, bevor wir weitermachen..." Er ging zu dem Schreibtisch in der Ecke, öffnete eine Schublade und nahm eine Plastikmappe mit Dokumenten heraus. Er brachte sie zu Jim, der sie mit gerunzelter Stirn entgegennahm.

„Was ist das?" Er warf einen Blick auf das oberste Blatt und hielt den Atem an. „Oh."

„Die Ergebnisse unserer letzten Tests, die vor zwei Wochen gemacht wurden." Julian begegnete Jims Blick. „Nur als Bestätigung, dass wir gesund sind."

Jim räusperte sich. „Okay... Meine letzte Untersuchung war letzten Monat. Auch da gibt es nichts zu berichten." Sein Puls raste. Alles war gerade ein wenig realer geworden.

Michaels Hand lag sanft auf seinem Arm. „Wir nehmen beide PrEP. Und wir sagen dir das alles, weil wir Kondome nicht mögen. Aber wenn das für dich nicht okay ist, dann sag es uns, und wir werden welche benutzen."

Großer Gott. Es war Jahre her, dass Jim das letzte Mal Sex gehabt hatte, aber er hatte es noch nie ohne Kondom gemacht. Es schockierte ihn, wie sehr ihn der Gedanke antörnte, keine zu benutzen. „Ich... Das ist okay für mich." Seine Stimme brach.

Julian lächelte. „Sei ruhig ehrlich, wenn du lieber Kondome benutzen willst. Das ist in Ordnung. Es macht uns wirklich nichts aus." Er trat näher, umfasste Jims Kinn und fixierte ihn mit einem intensiven Blick. „Ich möchte nur, dass du dich wohlfühlst."

Jim schauderte. „Es ist schon eine Weile her, okay? Und ich kenne den Spruch mit dem Fahrradfahren... dass man es nie verlernt..." Er war sich da nicht so sicher.

„Du hast nicht vergessen, wie man küsst, das steht mal fest." Michaels Augen leuchteten. „Warum verlegen wir das nicht in unser Schlafzimmer und machen ein bisschen rum?"

Jim gefiel diese Idee sehr. „Also los." Mit immer noch heftig klopfendem Herzen folgte er Julian um eine Ecke zu der Treppe, die zum Zwischengeschoss führte. Michael war direkt hinter ihm, und unten gab Buster ein leises

Winseln von sich.

Julian hielt an einer Tür inne, und Jim sah ihn fragend an.

Julian lächelte gequält. „Würde es dich überraschen, dass du nicht der Einzige bist, der nervös ist?"

Jim blinzelte. „Aber... Warum?" *Sie machen das doch oft, oder?*

Julian holte tief Luft. „Ich habe seit dem Ausflug in den Yosemite immer wieder darüber nachgedacht. Es ist eine ziemlich große Sache für mich."

„Für uns beide", fügte Michael hinzu. Dann stieß er die Tür auf, ergriff Jims Hand und führte ihn in einen großen, hohen Raum mit einer Dachschräge, in die drei große Fenster eingelassen waren. In der Mitte, an der höchsten Wand, stand ein Bett, das mindestens zwei Meter breit sein musste. Kissenberge lehnten am Kopfteil, und an jeder Ecke erhoben sich schlanke Holzsäulen, die von einem Holzrahmen gekrönt wurden. Die Bettdecke hatte einen wunderschönen moosgrünen Farbton, der perfekt zu den blassgrünen Wänden passte. Sonnenlicht strömte in das Schlafzimmer und schuf einen luftigen Raum.

Am anderen Ende befand sich eine Tür, die wohl zu einem Badezimmer führte.

Michael deutete darauf. „Wenn du das Bad benutzen willst, dann nur zu."

Es war, als hätte er Jims Gedanken gelesen. „Danke." Hoffentlich gab es da drinnen ein Handtuch, mit dem er sich bedecken konnte.

„Komm nur nicht nackt da raus, okay?" Julians Lippen zuckten. „Das ist unser Job."

Offenbar war auch Julian Gedankenleser.

Jim durchquerte den Raum, ging ins Bad und schloss die Tür hinter sich. Fast augenblicklich drang sanfte Musik aus dem Hauptraum zu ihm, leise und melodisch. Sie beruhigte Jims rasendes Herz, und er atmete mehrmals tief durch. Er wusste, warum ein Schwarm Schmetterlinge in seinem Magen herumflatterte – es war sein erster Dreier, sein erstes Mal ohne Kondom, sein erster Sex seit Ewigkeiten –, aber tief in seinem Inneren wusste er auch, dass Michael und Julian ihm die Führung überlassen würden.

Sie werden sicherstellen, dass es gut für mich ist. Dieser Gedanke sorgte für eine gewisse Beruhigung.

Ein paar Minuten später verließ er das Badezimmer und blieb bei dem Anblick, der sich ihm bot, abrupt stehen. Michael und Julian lagen, noch immer bekleidet, auf dem Bett und küssten und berührten sich. Ihre leisen, lustvollen Laute waren über der Musik zu hören. Jim sah ihnen zu, fasziniert von ihrer Zärtlichkeit und ihrer offensichtlichen Liebe zueinander.

Dann wurde ihm bewusst, dass er gleich dieselbe Zärtlichkeit erfahren würde, und Wärme durchströmte ihn.

Michael hielt inne und winkte ihn zu sich. „Komm her." Er und Julian lösten sich voneinander, machten zwischen ihnen Platz. Jim kletterte auf das Bett und rutschte nach oben, bis er in der Mitte auf dem Rücken lag. Michael schenkte ihm ein warmes Lächeln. „Ich bin so froh, dass du hier bist." Bevor Jim ihm sagen konnte, dass er genauso empfand, eroberte Michael Jims Mund mit einem langen Kuss, und Julian verschwendete keine Zeit, sondern schob die Finger unter Jims Pullover und streichelte seinen Bauch.

„Das fühlt sich wirklich dekadent an", murmelte Jim zwischen den Küssen und unterdrückte ein Stöhnen, als Julian ihm den Pullover hochschob und in die Brustwarzen zwickte.

Michael gluckste an seinem Hals. „Bist du normalerweise ein Typ, der nachts im Dunkeln Sex hat?"

Jim lachte, dann überlief ihn ein Schauer, als Michael ihn unterhalb des Ohres küsste. „Okay, schuldig im Sinne der Anklage."

Julian küsste ihn auf den Bauch. „Dann erlaube uns, dir zu zeigen, wie unglaublich erregend es sein kann, sich bei Tageslicht zwischen den Laken zu wälzen." Er hob seinen Kopf und begegnete Jims Blick. „Zuerst einmal hast du viel zu viel an." Seine Augen funkelten. „Also lass uns etwas dagegen unternehmen." Er löste Jims Gürtel, und das genügte, um Jims Puls in die Höhe zu treiben. Als Michael ihn hochzog und an seinem Pullover zerrte, entschied Jim, dass dies nicht der richtige Zeitpunkt für Nervosität war. Er *wollte* das, und zwar unbedingt, also sollte er es auch in vollen Zügen genießen.

„Was ist mit euren Klamotten?", fragte er.

Michael lachte. „Die kommen als Nächstes dran."

Es dauerte nicht lange, bis sie alle nackt waren, und Jim saugte den Anblick der beiden regelrecht in sich auf. Michaels Brust war breiter als die von Julian, aber weniger behaart. Beide Männer hatten dicke Schwänze, auch wenn Michaels länger war. Julian war der stämmigere Mann, mit muskulösen Armen und Oberschenkeln. In diesem Moment wurde Jim klar, dass sein erster Eindruck richtig gewesen war.

Er teilte ein Bett mit zwei Bären und hatte mit einem Minderwertigkeitskomplex zu kämpfen.

„Sieh dich an." In Michaels Stimme lag unverkennbares Staunen. „Knie dich für mich hin." Jim gehorchte und zitterte leicht, als er Michaels Hand auf seinem Hintern spürte. „Sieh nur, wie schön der ist."

Julian gesellte sich zu ihm und drückte sanft seine Pobacke, bevor er sich nach vorne bewegte und die Finger um Jims Schwanz schlang. „Ich denke, der hier ist genauso schön. Sieht aus, als würde er auch genau die richtige

Stelle treffen." Er beugte sich vor und küsste Jim auf die Lippen, und plötzlich umschlangen ihn zwei Paar Arme.

Es war ganz schön berauschend, und sie hatten noch nicht einmal angefangen.

„Ihr zwei wisst wirklich, wie man einem Kerl ein gutes Gefühl gibt", murmelte er.

Julian hielt inne. „Du bist wunderschön, Schatz." Er strich mit seiner Hand über Jims kurze Haare, an seinem Hals entlang und bis zu seinem bärtigen Kinn. Julian küsste ihn dort, und Michael war an Jims anderer Seite, seine Lippen zogen eine Spur von Küssen über seinen Hals bis zu seinem Schlüsselbein

Verdammt, Jim wollte beide berühren.

„Leg dich hin", sagte Michael mit leiser Stimme und zog an Jims Arm.

Michael streckte sich neben ihm aus, einen Arm um Jims Schultern gelegt, während sie sich erneut küssten. Julians warmer Mund strich über Jims Bauch und Brust, und Jim erschauderte, als er Jims Brustwarzen mit Zähnen und Zunge neckte.

„Du kannst uns auch anfassen, weißt du?", murmelte Michael gegen seine Lippen.

Mehr Ermunterung brauchte Jim nicht. Er streichelte Julians kurzes Haar und erschauerte jedes Mal, wenn der an seinen Brustwarzen zupfte. Seine andere Hand wanderte zu Michaels Nacken und übte ein wenig Druck aus, während ihr Kuss intensiver wurde. Als Julian mit den Fingerspitzen die Länge seines Schwanzes nachzeichnete, entkam Jim ein zustimmendes Ächzen. Er wusste nicht, was sich besser anfühlte – Michaels Lippen, die Art, wie er Jim umarmte, als wäre er etwas Kostbares, Julians neckende Zunge oder die Art, wie dieser über Jims Schaft strich.

Jim war noch nie so hart gewesen.

Julian hob den Kopf. „Ich muss ihn schmecken." Er drückte Jims harten Schwanz. Bevor Jim reagieren konnte, rutschte Julian auf dem Bett weiter nach unten. Er spreizte Jims Beine und kniete sich dazwischen.

„Sieh zu, wie er deinen Schwanz in den Mund nimmt", flüsterte Michael.

Als ob Jim sich das entgehen lassen würde.

Er schnappte sich ein Kissen, schob es sich unter den Kopf, und ein Schauer überlief ihn, als Julian seinen Schaft mit seiner warmen Hand umfasste und sich darüber beugte. Das erste Schnippen seiner Zunge über Jims Eichel ließ ihn erbeben und er schnappte nach Luft.

„Fühlt es sich gut an?", fragte Michael.

Jim verdrehte die Augen. „Muss ich das wirklich beantworten?" Dann stöhnte er auf, als Julian ihn tief in den Mund nahm. Jim stieß die Hüften nach oben, wollte mehr von dieser köstlichen feuchten Hitze, und Julians Kopf wippte, als er das Tempo erhöhte. Michaels Lippen legten sich auf Jims, und Jim öffnete sich für ihn, gefangen zwischen zwei herrlichen Empfindungen, während beide Männer ihn mit ihren Zungen erforschten.

Alles kam zum Stillstand, als Julian innehielt und ihn anstarrte, während er mit den Fingern sanft über Jims Eier, seinen Damm und schließlich über sein Loch strich. „Gott, ist das schön."

Noch nie hatte jemand so über Jims Körper gesprochen. Sein Gesicht kribbelte.

Julian verstummte und hielt den Blickkontakt aufrecht, während seine Fingerspitzen langsam einen Kreis um Jims Eingang zogen.

Jim verstand die Botschaft. Es musste von ihm kommen. Er erbebte. „Fick mich."

Michael küsste ihn auf den Hals. „Julian wird als Erster in dir sein."

Die Andeutung war klar. Michael würde auch an die Reihe kommen. Dann wurden alle diese Gedanken weggefegt, als Michael sich die Flasche mit dem Gleitmittel griff, die auf dem Nachttisch stand, und sie Julian zuwarf.

Jim stockte der Atem, sein Herz hämmerte. „Wie... Wie willst du mich?"

Julian lächelte. „Geduld, Baby. Daddy muss sich noch ein bisschen Zeit zum Erkunden nehmen."

Dieses eine Wort jagte eine Hitzewelle durch ihn hindurch, und sein Atem beschleunigte sich.

Julian nickte bedächtig. „Das gefällt dir, nicht wahr?"

„Merkt man, hm?" Gefallen war zu milde ausgedrückt. Dieses Wort drang bis in Jims Innerstes vor und löste eine tiefe Sehnsucht in ihm aus, es wieder zu hören.

„Oh, nur ein bisschen." Julians Augen funkelten amüsiert. Er öffnete die Flasche und drückte die zähe Flüssigkeit auf seine Finger.

„Woher wusstest du es?" Wie hatte Julian wissen können, was dieses eine Wort bei ihm auslösen würde? Genau wie letzte Nacht. Woher hatte Julian gewusst, dass er grob mit seinen Brustwarzen umgehen sollte?

Kurz verdunkelte sich Julians Miene, aber dann verschwand der Ausdruck wieder. „Nennen wir es Intuition, okay? Und jetzt... Spreiz die Beine ein bisschen weiter für mich."

Jim tat, was ihm gesagt wurde, und sein Atem stockte, als das kühle Gleitmittel sein Loch berührte. Michael verstärkte seinen Griff und zog Jim näher an sich. Ihre Lippen trafen sich, während Julian gemächlich seinen Finger in Jims Körper schob, und Jim stöhnte in den Kuss hinein.

Ein leiser Schrei kam ihm über die Lippen, als Julian seine Prostata fand, und Jim hob ruckartig den Kopf und starrte ihn an.

Julian nickte. „Wie fühlt sich das an?"

„U-unglaublich." Er wollte vor Frustration aufheulen, als Julian seinen Finger zurückzog.

Julian grinste. „Die Art von unglaublich, die dich dazu bringt, deine Beine noch weiter für mich zu spreizen? Die danach verlangt, dass ich meinen Finger auf der Stelle wieder in dich schiebe?"

„Ja!" Neben ihm lachte Michael leise.

Julian lächelte zufrieden. „Bingo." Er schob seinen Finger wieder in Jim und krümmte ihn. Jims Stöhnen erfüllte die Luft, und Julians Lächeln wurde noch intensiver. „Genau da muss ich hin." Wieder strich er absichtlich über Jims Prostata. „Spürst du das? Stell dir vor, wie es sich anfühlen wird, wenn mein Schwanz da drin ist, dich öffnet. Denn das passiert als Nächstes. Du wirst dich so gut fühlen."

Jim zweifelte nicht eine Sekunde daran.

Julian fügte einen weiteren Finger hinzu, und Jim seufzte. „Ja." Julian fuhr fort, sein Loch zu reizen, bis er sich wand und verzweifelt mehr wollte.

Dann packte Julian Jim an den Hüften und zog an ihm. „Ich will, dass du mit dem Hintern über der Kante bist." Er stieg vom Bett, stellte sich ans Fußende und verteilte Gleitgel auf seinem Schaft. Jim rutschte mit hämmerndem Herzen weiter nach unten, und Michael bewegte sich mit ihm und kniete sich neben seinen Kopf.

„Zieh die Knie an die Brust." Julian streichelte seinen mit Gleitgel benetzten Schwanz. Als Jim der Anweisung gefolgt war, brachte Julian die Spitze seines Schwanzes an Jims Loch und übte sanften Druck aus. Dann beugte er sich vor, schob die Arme unter Jims Achselhöhlen und hielt ihn fest, sein Gesicht war kaum einen Zentimeter von Jims Gesicht entfernt.

Ihre Blicke trafen sich, und etwas flatterte in Jims Brust.

„Du musst nur eines für mich tun." Julians sah ihn warm an. „Schau mich an und entspann dich." Und als Jim tief ausatmete, schob Julian seinen Schwanz mit einem Seufzen langsam in ihn hinein.

„Daddy kümmert sich um dich."

Kapitel 11

Jim hielt den Atem an, und Michael strich ihm über die Wange. „Atme, Baby. Du musst dich entspannen. Das macht es leichter."

„Ich... Ich hab mich noch nie so voll gefühlt", brachte Jim keuchend hervor. „Es fühlt sich an, als würde mein Inneres seinen Schwanz umarmen."

Julian hielt inne. Er strich mit den Lippen über Jims Ohr. „Ich bin noch nicht ganz drin, aber ich bleibe genau hier. Wenn du mehr willst, drückst du zu. Okay?"

Jim brachte ein Nicken zustande, bevor Julian ihn küsste. Es war ein ruhiger, zärtlicher Kuss, und genau das, was er brauchte. Jim ließ seine Beine los und umfasste Julians Gesicht. „Du kannst ein bisschen tiefer gehen." Er zog seine Muskeln versuchsweise um Julians Schwanz zusammen, und Julian stöhnte auf.

„Oh, guter Junge."

Bei dem Lob wurde Jim ganz warm, und das Herz ging ihm auf.

Julian warf Michael einen Blick zu. „Himmel, es fühlt sich so gut an, in ihm zu sein. So verdammt eng."

Michael streichelte Jims Gesicht. „Du wirst uns heute beide zu spüren bekommen."

„Nur nicht gleichzeitig, okay?", scherzte Jim. Er

unterdrückte ein lustvolles Stöhnen, als Julian ein wenig tiefer in ihn eindrang.

Julian fasste sein Kinn und hielt ihn fest. „Niemand kann dich hören, Süßer. Lass es raus, in Ordnung? Wenn du verdammt noch mal schreien willst, dann schrei. Wir sind allein, mein Junge."

Jim schluckte und hörte auf sein Bauchgefühl. „Ja, Daddy."

Oh mein Gott, wie er mich anschaut...

„Du wunderschöner Junge." Julian vergrub sein Gesicht an Jims Hals und küsste ihn dort. „Dieser Schwanz gehört heute dir, Süßer. Und wenn ich erst diese bewusste Stelle berühre, wirst du mich noch tiefer in dir haben wollen." Er bewegte sich, es war nur eine ganz leichte Bewegung, und Jim schnappte nach Luft.

„Ich glaube nicht, dass ich jemals einen Schwanz so tief in mir gespürt habe."

Julians Blick war warm, als er Jim in die Augen sah. „Du hast Platz für zwei, richtig?" Als Jim ihn anstarrte, nickte Julian. „Du hast Platz für zwei da drinnen, aber es ist eng. Also müssen wir es ein wenig weiten." Er lächelte. „Vielleicht nicht *dieses Mal*, aber wir werden es schaffen."

Hitze durchströmte Jim. *Dieses Mal.* Oh, ja.

„Bist du bereit?"

Bevor Jim fragen konnte „Wofür?", stieß Julian zu, und exquisite Empfindungen überrollten ihn. „Fuck. Bleib so, bleib so." Gott, das war der Himmel.

Julian nickte, seine Hüften kreisten. „Daddy kümmert sich um dich."

„Und dieser Daddy auch." Michael beugte sich für einen Kuss zu ihm herunter, und Jim erwiderte den Kuss mit einem Hunger, der ihn selbst überraschte. Ein Stöhnen kam ihm über die Lippen, als Michael seine Brustwarzen neckte, und Michael seufzte. „Das ist es, mein schöner

Junge. Lass es raus." Dann richtete er sich auf. Sein Schwanz hart und stolz aufgerichtet, und Jim *wollte* ihn.

Er reckte den Hals, saugte an der Spitze und genoss Michaels Stöhnen. Jim nahm ihn etwas tiefer, bis sowohl sein Mund als auch sein Arsch voll waren.

„Verdammt, er ist gut." Michael packte Jims Kopf und wiegte sich in den Hüften, bewegte seinen Schwanz rein und raus, und Jim konnte nicht genug bekommen. Er leckte über Michaels Länge, schnippte mit der Zunge gegen die Stelle unter der Eichel und schob sie dann in den Schlitz. „Oh, Fuck!" Michael stöhnte. „Ich liebe deine Zunge, Junge."

Julian hakte die Arme unter Jims Knie, während Jims Beine auf seinen Schultern ruhten, und verfiel dann in einen gemächlichen Rhythmus, der absolut perfekt war.

„So ist es gut." Michael küsste Julian. „Schön langsam. Einfach rein und wieder raus." Er sah auf Jim hinunter und befreite seinen Schwanz aus Jims Mund. „Fühlt es sich gut an, wenn er dich fickt?"

„Es fühlt sich absolut *großartig* an", platzte Jim heraus.

Michael beugte sich vor und küsste ihn. „Ich will deine talentierte Zunge in meinem Arsch spüren."

Jims Schaltkreise wären beinahe durchgebrannt. „Ja", hauchte er, während ihn Schauer der Vorfreude überliefen.

Michael kniete sich Julian zugewandt über Jims Kopf, und Jim erhaschte seinen ersten Blick auf Michaels festen, behaarten Hintern. Er packte Michaels Pobacken und zog sie auseinander, wodurch sich dessen Loch dehnte, und starrte auf die haarige Spalte über ihm.

„Oh, ja. Tu es." Michaels Stimme zitterte. Jim schnippte mit der Zunge gegen das verlockende Loch, und Michael durchlief ein Schauer. „Mehr." Jim leckte und saugte, drückte gegen den Muskel, der sich für ihn lockerte. „Jetzt meine Eier", verlangte Michael und rutschte weiter zurück. Jim nahm eines in den Mund, und Michaels lautes Stöhnen machte ihn ganz heiß darauf, Michael noch mehr davon zu entlocken. Michael und Julian küssten sich, gaben beide leise Laute von sich, die von Lust sprachen, und Jim hatte sich noch nie so *mächtig* gefühlt.

Dann stieg Michael vom Bett, schnappte sich das Gleitmittel und rieb seinen Schwanz damit ein. Er stellte sich hinter Julian, beugte sich vor und brachte seine Lippen an Julians Ohr. „Fick ihn weiter, während du meinen Schwanz reitest. Setz dich einfach drauf."

Julian hielt inne, zog sich ein wenig zurück und schob sich gleichzeitig nach hinten. Jim erkannte genau, wann Michael in ihm war. Julians Augen weiteten sich, und sein Atem kam in kurzen Stößen. „Verdammt, ich *liebe* deinen Schwanz."

„Das ist es. Zeig Jim, wie du aussiehst, wenn du gevögelt wirst."

Julian beugte sich erneut über Jim und küsste ihn hungrig, während Michael ihn mit rhythmischen Bewegungen fickte, die Hände fest auf Julians Hüften. Julian stöhnte, wiegte sich zwischen ihnen hin und her, und Jims Körper stand plötzlich in Flammen, seine Haut kribbelte.

Julian schluckte. „Ich kann mich nicht zurückhalten. Ich muss in deinem Arsch kommen."

Jim starrte ihn an. „Tu es. *Tu es*, verdammt noch mal." Er wollte spüren, wie Julians Wärme ihn füllte. Er packte Julian an den Schultern, seine Finger gruben sich in die Muskeln. „Füll mich, Daddy." Jede Zelle in seinem Körper stand unter Strom und er zitterte. Er *wollte* es, brauchte es wie die Luft zum Atmen.

„Fuck, ja, füll ihn", echote Michael.

Julians Augen wurden groß. „Oh Fuck." Er versteifte sich, und Jim spürte das verräterische Pulsieren in sich. „Nimm meine Ladung!" Julian keuchte und seine Hüften zuckten. Ihre Lippen trafen sich, und Jim stöhnte in den Kuss hinein, wollte nicht, dass er endete. Er schlang die Arme um Julian und drückte ihn an seine Brust, während seine Fersen auf der Julians Hintern ruhten.

„So warm", murmelte Jim. Das Wissen, dass nichts sie trennte, war verdammt berauschend.

„Wie ihr beide ausseht..." Michael küsste Julians Rücken. „Ich bin dran."

Julian gab Jim einen letzten Kuss, bevor er sich langsam aus ihm zurückzog. Er legte sich neben Jim aufs Bett, streichelte seinen schweißbedeckten Körper und küsste seine Brust und seine Nippel. „Du bist umwerfend", flüsterte er.

Michael kam näher und streichelte Jims Hintern. „Press sein Sperma heraus. Tu es. Drück es auf meinen Schwanz." Seine Brust glänzte vor Schweiß.

Jim presste Julians Sperma heraus und Michael beschmierte seinen schweren, langen Schwanz damit. Julian warf ihm das Gleitmittel zu, und er drückte etwas davon auf seine Finger, dann schob er sie Jim in den Arsch. Michaels Augen funkelten. „Man kann nie zu viel Gleitmittel benutzen." Er drückte seine Eichel gegen Jims Loch und schaute darauf hinunter. „Ein echt schönes Loch, ganz weit und bereit für mich." Dann sah er Jim in die Augen, als er sich in ihn schob, und Jim stöhnte bei der exquisiten Reibung auf. Michael nickte, er war ganz rot im Gesicht. „So ist es gut, Junge. Versuch einfach, mich da rauszuhalten. Versuch mich herauszudrücken. Denn ich werde nirgendwo hingehen. Im Moment ist das mein Loch."

Jim konnte die Worte nicht zurückhalten. „Ja, Daddy." Dann schob Michael die Arme unter Jims Schultern, wodurch er ihn quasi zusammenfaltete, wie Julian es getan hatte, drückte ihn an sich, und Jim hatte sich noch nie so geschätzt gefühlt. Sie küssten sich und Julian machte mit, bevor Michael sich dann aufrichtete, Jims Knöchel packte und dessen Beine weit spreizte. Julian kniete sich neben Jims Kopf, und Jim drehte sich, um Julians Schwanz mit seiner Zunge zu säubern. Sein Körper wurde von Michaels Stößen durchgeschüttelt, der jetzt nicht mehr sanft war, sondern sich regelrecht in ihn rammte.

Jim stand in Flammen und das Bedürfnis zu kommen brannte glühend heiß in ihm.

„Jetzt bin ich an der Reihe, diesen wunderschönen Arsch zu füllen." Michael packte Jims Knöchel fester und seine Hüften stießen nach vorn, während er seinen Schwanz tief in ihn trieb. Jim starrte Michael an, sein Körper war angespannt und wartete auf diese Hitze in ihm.

Michael umfasste Jims Kopf und hielt diesen fest, als er ihn vom Bett anhob, dann beugte er sich vor, um Jims Mund in einem leidenschaftlichen Kuss zu erobern. Ihre Stirnen berührten sich, und Michael flüsterte: „Daddy kümmert sich um dich." Dann stieß er tief in ihn, und Jim schrie auf, als Michael sich heftig in ihm ergoss. Sie verharrten in dieser Position. Michaels Wärme füllte ihn, Michaels Schwanz war bis zum Anschlag in ihm vergraben, und Jim spürte, wie Julian sich hinter ihn setzte und die Arme um Jim legte. Seine Haut war glitschig, sein Loch war gedehnt und schmerzte, und seine Beine fühlten sich wie Pudding an.

Jim war noch nie so glücklich gewesen.

Michael küsste ihn, strich zart mit den Lippen über seine, und Julian lehnte sich zu ihnen herüber und vereinte seine Lippen mit den ihren. „Du bist dran", flüsterte Julian. Dann zog Michael seinen schlaffen Schwanz aus ihm heraus, beugte sich hinunter und nahm Jims Schwanz in den Mund, während er zwei Finger in Jims geweitetes Loch gleiten ließ, woraufhin Sperma in einem langsamen Rinnsal aus ihm heraussickerte. Jim erschauderte, als Michael über seine Prostata strich, und Sekunden später ergoss er sich in Michaels Mund und erbebte bei jedem Pulsieren seines Schwanzes, bis sein Orgasmus abgeebbt war.

Michael leckte sich über die Lippen. „Köstlich." Er stieg aufs Bett, und Jim fand sich zwischen zwei warmen Männern wieder, die ihn hielten, streichelten, liebkosten und küssten, ihre Beine ineinander verschlungen und die Arme umeinander gelegt.

Ihn überkam ein so intensives Verlustgefühl, dass seine Brust schmerzte.

Michael zog Jim an sich. „Bist du noch bei uns?" Er küsste Jim auf die Stirn, und die zärtliche Geste verstärkte den Schmerz noch.

Jim schluckte. „Du... Du hast gesagt, ich hätte eine stehende Einladung, hierherzukommen, wann immer ich will. Dass ich nicht darauf warten muss, dass ihr mich fragt." Sein Herzschlag beschleunigte sich. „Schließt das auch euer Bett ein?" Michael sah Julian an, und Jim wurde das Herz schwer. „Es tut mir leid. Ich vergesse immer wieder, dass ihr beide arbeiten müsst."

Julian unterbrach ihn mit einem Kuss. „Die Antwort lautet ja. Solange du hier bist."

Die Realität schlug über ihm zusammen wie eine eiskalte Welle. Dieser Arbeitsurlaub war eine zerbrechliche Zeitblase, und der Tag würde kommen, an dem sie platzen und Jim nach San Francisco zurückkehren würde.

Denk jetzt nicht drüber nach. Genieß es, solange es anhält.

Ein Winseln erklang von unten, und Michael schmunzelte. „Ach herrje. Da ist jemand nicht glücklich."

„Ein Leckerli wird das schnell beheben", sagte Julian

überzeugt. „Wie wär's, wenn wir duschen, und dann mache ich uns etwas zu essen?" Er grinste. „Mann, der Vormittag ist schnell vergangen."

„Bleibst du zum Mittagessen?", erkundigte sich Michael.

Jim nickte. „Sehr gerne." Er wollte so viel Zeit wie möglich mit ihnen verbringen.

Michael strahlte. „Und danach würde ich dich gern in mein Studio mitnehmen. Ich hatte eine Eingebung, und du musst mir bei der Verwirklichung helfen."

„Ich?"

Michael lachte. „Ja, du. Ich fühle ich mich gerade inspiriert." Sein Magen knurrte, und er warf ihnen einen verlegenen Blick zu. „Und hungrig. Kann mir nicht vorstellen, woran das liegt." Seine Augen glänzten.

Julian stand vom Bett auf. „Komm mit. Es ist eine begehbare Dusche, und sie ist groß genug für drei." Seine Lippen zuckten. „Wenn ich es mir recht überlege, waren wir schon mehr als drei Leute da drin, aber das war während der Party zu Michaels fünfzigstem Geburtstag und –"

Michael räusperte sich. „Ich bin sicher, dass Jim *davon* nichts hören will."

Jim lachte, durchdrungen von einer Leichtigkeit, die alle Gedanken an das, was noch kommen würde, vertrieb. Es erschien ihm wenig sinnvoll, sich über seine Abreise Gedanken zu machen. Er wollte die Zeit mit ihnen genießen.

Außerdem stand er kurz davor, eine weitere Premiere zu erleben, und die Aussicht, zu dritt unter einem heißen Wasserstrahl zu stehen, sprach offensichtlich einen Teil seiner Anatomie an.

Julian schmunzelte. „Ich wollte dich eigentlich an der *Hand* zur Dusche führen, aber jetzt habe ich eine andere Idee."

Michael hüstelte. „Heb dir den Blödsinn für später auf. Sex unter der Dusche ist etwas für jüngere Männer als dich und mich."

Julian grinste. „Ganz genau. Und Jim ist der jüngere Mann." Er warf Jim einen schelmischen Blick zu. „Und dieser Daddy will mit dem Schwanz unseres Jungen spielen."

Jim erstarrte bei seinen Worten, und Michael küsste ihn auf die Schulter. „Während du hier bist..."

Er nickte, denn er hatte es sofort verstanden. „Während ich hier bin", wiederholte er. Für den Rest seines Aufenthaltes würde Jim ihr Junge sein.

Jim hinterfragte seine eigenen Reaktionen nicht oder wie es kam, dass Julian so viel sah. Er wusste nur, dass es richtig gewesen war, sie während des wunderbaren und unsäglich heißen Sex Daddy zu nennen. Er spürte es bis in die Knochen. Es war nichts, was er sich je vorgestellt oder gewünscht hatte, aber sobald das Wort ausgesprochen worden war, sobald es in der Welt war, hatte er es gewusst.

Ist es das, was die ganze Zeit gefehlt hat? Habe ich das gebraucht?

Jim hatte keinen blassen Schimmer. Er wusste nur, dass er mehr wollte.

Kapitel 12

„Bist du sicher, dass das für dich in Ordnung ist?", fragte Michael, als sie zu seinem Studio gingen.

Jim lachte. „Nun, das hängt davon ab, was *das* ist. Wenn du wissen willst, ob ich damit einverstanden bin, noch mehr Zeit hier zu verbringen, dann ja, absolut. Wenn du fragst, ob ich mit deinen Plänen einverstanden bin, dann habe ich keine Ahnung, denn du hast es bisher nicht für nötig gehalten, mir mitzuteilen, worum es geht." Er hatte bis jetzt einen großartigen Tag gehabt. Natürlich hatte er Schmerzen an Stellen, wo er schon lange keine mehr gehabt hatte, aber das war eine köstliche Erinnerung an den Vormittag in ihrem Bett. In Jims Kopf drehte sich immer noch alles. Wie anders sie beim Sex gewesen waren...

Habe ich sie gesehen, wie sie wirklich sind? Er hatte gewusst, dass sie zwei sinnliche Männer waren, aber die Dinge, die sie gesagt hatten... *Meine Herrn!* Und was die Tatsache betraf, dass er für die Dauer seines Aufenthalts ihr Junge sein sollte, damit hatte Jim überhaupt kein Problem. Er erbebte bei der Erinnerung an diese fünf kleinen Worte, bei denen ihm gleichzeitig heiß und eiskalt geworden war. *Daddy kümmert sich um dich.*

„Jim?"

Er zuckte zusammen. Sie standen vor Michaels Studio, und Michael starrte ihn sichtlich belustigt an. „Tut mir leid." Jim lächelte. „Ich war in Gedanken ganz woanders." Michaels Augen funkelten. „Ich glaube nicht, dass ich dreimal raten müsste, um zu wissen, wo." Er stieß die Tür auf, und Jim folgte ihm hinein. Als Erstes schaltete Michael die Heizstrahler ein, die in gleichmäßigen Abständen im Raum verteilt waren. Jim schlenderte zu dem zwei Meter hohen Holzklotz hinüber und streichelte ihn. Holz hatte etwas so Sinnliches an sich, das zum Anfassen animierte.

„Hast du inzwischen eine Idee, was du damit anstellen willst?"

Michael hustete. „Ganz ehrlich? Ja. Deshalb habe ich dich hergebracht." Er ging zu Jim hinüber und betrachtete das Holz. „Erinnerst du dich, dass ich sagte, ich möchte einen männlichen Akt schnitzen? Tja... Ich hab mich gefragt..."

Jim erstarrte, als er zwei und zwei zusammenzählte. „Mich? Du willst *mich* schnitzen?"

Michael nickte. „Dich gewissermaßen in natura zu sehen, war inspirierend."

„Oh. Wow." In Jim machte sich ein Gefühl von Stolz breit.

„Du kannst Nein sagen, okay?" Michael schluckte.

Scheiß drauf. Jim gefiel die Idee. „Was soll ich tun?"

„Ernsthaft?" Michaels Miene hellte sich auf, und angesichts von Michaels Freude wurde Jim ganz warm. „Okay, ich müsste Fotos machen und ein paar Skizzen anfertigen."

Jim zeigte auf die drei Heizstrahler. „Nur, wenn du die um mich herum aufstellst. Ansonsten sehe ich schon kommen, dass meine Brustwarzen einfrieren und abfallen und etwas anderes sich komplett zurückzieht."

Michael lachte. „Abgemacht." Er ging zu einer Kommode, zog die oberste Schublade auf und nahm mehrere weiße

Blätter heraus.

Jim lächelte vor sich hin. Michael war bereits vollkommen in sein Vorhaben vertieft. Jim schob die Heizstrahler in Position, stellte sich dann in die Mitte und zog sich aus. „Soll ich stehen, sitzen, mich hinlegen...?"

Michael schnappte sich einen Hocker und brachte ihn in den warmen Raum zwischen den Heizstrahlern. „Du kannst dich hier draufsetzen. Es könnte eine Weile dauern." Er schaute Jim in die Augen. „Bist du dir sicher?" Spontan küsste Jim ihn auf den Mund. „Ich bin mir sicher." Michaels Augen weiteten sich, und Jim hielt inne. „Darfst du... mich küssen, wenn Julian nicht hier ist?"

Michael biss sich auf die Lippe. „Eigentlich nicht. Aber ich sehe nichts Falsches daran, einen harmlosen Kuss zu teilen." Er beugte sich vor und drückte die Lippen auf Jims Wange, und die Geste war so süß, dass Jim ganz warm ums Herz wurde. „Ich denke, du solltest deine Jeans besser selbst ausziehen. Das könnte sonst eine zu große Versuchung für mich sein." Er unterdrückte ein Grinsen, bevor er sich hinter den Kreis der Heizlüfter zurückzog, wo er eine Staffelei aufgestellt hatte.

Jim zog seine Jeans aus und stellte sich nackt mitten in Michaels Atelier. Trotz der Wärme fröstelte er, aber er hob das Kinn und straffte die Schultern. „Ich bin soweit."

Michael schaute ihn mit leuchtenden Augen an. „Und du bist so schön."

Er verbrachte etwa fünf Minuten damit, Jim auf dem Hocker in Position zu bringen: ein Bein so, einen Arm hier, den anderen da... Als Michael fertig war, nahm er einen Bleistift in die Hand und lächelte. „Fangen wir an."

„Können wir uns unterhalten, während du zeichnest, oder bist du nicht gut in Multitasking?"

Michael gluckste. „Ich kann gleichzeitig reden und zeichnen. Und ja, lass uns reden."

Jim wusste genau, worüber er sprechen wollte. Dieser Ausdruck in Julians Augen vorhin...

„Als wir oben waren und Julian mit meinen Nippeln gespielt hat... Ich hab ihn gefragt, woher er wusste, dass er so grob mit ihnen umgehen sollte, und er sagte, es wäre Intuition. Aber..."

Michael hielt inne, sein Bleistift schwebte in der Luft. „Aber?"

„Sein Gesichtsausdruck. Es war fast so, als wäre ihm etwas Schmerzhaftes durch den Kopf gegangen. Vielleicht habe ich es mir auch nur eingebildet, könnte ja sein." Ein Blick in Michaels Gesicht sagte ihm jedoch etwas anderes. „Vergiss, dass ich gefragt habe. Das geht mich nichts an."

Michael widmete sich wieder seiner Zeichnung. Jims Gedanken wanderten zurück in Julian und Michaels Schlafzimmer. „Darf ich dich etwas Persönliches fragen?"

„Fragen kannst du."

Jim holte tief Luft. „Wie viele *Jungs* hat es gegeben? Denn ich schätze, es waren ziemlich viele."

Michael legte seinen Bleistift weg und trat von der Staffelei zurück. „Als wir in L. A. gelebt haben, gab es eine Menge Jungs. Wir sind immer in einen bestimmten Club gegangen. Ich nehme an, man könnte ihn einen Daddy-Club nennen. Kerle, die auf ältere Männer standen, Daddys, die einen Jungen suchten, Jungen, die einen Daddy suchten... Es gab alle Variationen. Es war nichts Ernstes. Es ist immer zwanglos geblieben, und um ehrlich zu sein, ging es uns nur um den Sex, so wie den meisten der Jungs, die den Club besuchten. Bedürfnisse wurden befriedigt, um es mal so auszudrücken."

Jim starrte ihn an. „Ich wusste gar nicht, dass es solche Orte gibt."

Michael lächelte. „Das überrascht mich nicht. Wir sind am Wochenende gern dorthin gegangen. Meistens lag am

Samstagabend ein Junge in unserem Bett, und am Sonntagabend war er wieder weg." Sein Gesicht straffte sich. „Das war, bevor..."

Die Haare in Jims Nacken stellten sich auf. „Was ist passiert?"

Michael seufzte. „Wir haben jemanden getroffen. Kristofer. Man könnte ihn den Jungen nennen, der geblieben ist."

„Was hat ihn von den anderen unterschieden?"

„Er war ein Neuling." Michaels Augen leuchteten. „Wir haben ihn in eine völlig neue Welt eingeführt, und er hat es total genossen. Jedes Mal war... ein unvergessliches Erlebnis." Er schluckte. „Julian und ich haben uns geschworen, die Dinge leicht und locker zu halten, so wie wir es mit den Jungs vor ihm getan haben, aber..." Er sah Jim in die Augen. „Wir haben uns in ihn verliebt", sagte Michael schlicht. „Wir hatten eine offene Beziehung. Wir hatten Kristofer gesagt, dass er uns nicht exklusiv gehört... obwohl wir das wollten. Und so ließen wir die Käfigtür offen, und unser schöner Vogel flog rein und raus, zufrieden damit, wie die Dinge waren."

Jims Herz wurde schwer. „Was ist schiefgelaufen?" Es war offensichtlich, dass etwas passiert war.

Michaels Schultern sanken herab und er starrte ins Leere. „Er hat jemanden kennengelernt. Aber das war nicht das Problem. Wir haben uns für ihn gefreut, denn ein einziger Blick hatte uns verraten, wie sehr er in diesen Ray verliebt war. Dann kam der Tag, an dem er Ray von uns erzählt hat."

Jims Kehle wurde eng. „Ich glaube, den Rest kann ich erraten."

Michael nickte. „Kristofer kam eines Abends zu uns. Er sagte, Ray hätte ihm ein Ultimatum gestellt – Monogamie oder es wäre vorbei. Ihm gefiel der Gedanke nicht, dass

Kristofer zwei Daddys hatte." Ein Muskel zuckte in Michaels Gesicht. „Was sollten wir tun? Kristofer hat ihn schließlich *geliebt*. Also... Haben wir uns entschieden, einen klaren Schlussstrich zu ziehen. Wir haben versprochen, uns aus seinem Leben rauszuhalten, ihn nicht zu kontaktieren…"

„Und habt ihr das getan?"

Wieder ein langsames Nicken. „Wir haben unser Wort gehalten. Oh, wir haben ihn wiedergesehen – natürlich immer aus der Ferne – und Gott, das tat weh." Seine Augen verfinsterten sich. „Es hat Julian gebrochen. Ich konnte es nicht ertragen, ihn so zu sehen."

„Aber dich hat es auch belastet." Es schmerzte ihn immer noch, das konnte Jim sehen.

„Bald danach sind wir hierhergezogen."

„Einfach so? Warum hierher?"

Michael seufzte erneut. „Es war keine spontane Entscheidung, keine Reaktion auf Kristofers Weggang. Wir hatten schon eine Weile über einen Umzug gesprochen. Wir haben immer in Nationalparks Urlaub gemacht, waren auf der Suche nach einem Ort, der uns das Gefühl gab, dass wir dort glücklich sein konnten, aber der Zeitpunkt war nie richtig. Dass Kristofer uns verlassen hat, war vielleicht der Tritt in den Hintern, den wir beide brauchten. In dem Sommer haben wir einen Ausflug in den Yosemite National Park gemacht und diesen Ort gefunden. Das war's. Die Suche war beendet."

„Habt ihr je wieder etwas von Kristofer gehört?"

„Nein. Um ehrlich zu sein, es ist Jahre her, dass wir an ihn gedacht haben." Er sah Jim in die Augen. „Du hast uns an ihn erinnert."

„Ich?"

Michael schenkte ihm ein warmes Lächeln. „Du bist ihm so ähnlich. Deine Reaktionen... Julian hat es zuerst bemerkt."

Etwas machte klick. „Ich habe mir diesen Blick *nicht* eingebildet, oder? Ich habe Julian an Kristofer erinnert."

„Ja. Aber du bist nicht Kristofer. Du bist *du*." Er ging zur Staffelei zurück, ergriff seinen Bleistift, und Jim nahm seine ursprüngliche Position wieder ein.

„Du und Julian... Ihr seid so anders im Bett."

„Inwiefern?"

Ein Schauer lief Jim über den Rücken. „Ich glaube, es ist vor allem die Art, wie ihr redet. Es ist völlig anders als euer normales Verhalten."

Michael spähte um die Staffelei herum. „Und wie *sind* wir *normalerweise*?"

„Ruhig, kultiviert... Aber wenn ihr fickt? Das ist ein Unterschied wie Tag und Nacht."

„Aber es hat dir gefallen?"

Jim lachte. „Wenn ich ja sagen würde, wäre das die Untertreibung des Jahres. Ich habe noch nie jemanden getroffen, der im Bett so... versaut geredet hat, aber ich habe es genossen."

Da war es wieder. *Daddy kümmert sich um dich.*

Jim verstand seine so emotionale Reaktion auf ihre Worte nicht. Er war sechsunddreißig Jahre alt, um Himmels willen. In seinem Alter *irgendwen* Daddy zu nennen, musste falsch sein, aber es hatte sich so richtig angefühlt.

„Nächste Woche ist Weihnachten."

Jim blinzelte. „Wie bitte?"

Michael starrte ihn an. „Weihnachten. Du weißt schon, Santa und seine Rentiere? Geschenke? Festessen? Weihnachtsbaum? Zugegeben, wir haben unseren noch nicht aufgestellt – das machen wir diese Woche noch. Aber ich will darauf hinaus, dass du Weihnachten hier bist. Und du wirst die Feiertage *nicht* allein in dieser Hütte verbringen." Seine Augen funkelten. „Verbring sie mit uns."

Jim hatte überhaupt nicht an Weihnachten gedacht. Er feierte es nicht wirklich. Es gab ja nur ihn. Seine Eltern waren vor zehn Jahren nach Florida gezogen, aber auch dort wollten sie ihn wegen seiner ‚perversen Lebensweise' nicht um sich haben, und offen gestanden wollte er ebenfalls nicht in ihrer Nähe sein. Die Weihnachtstage verbrachte er zu Hause, mied die Menschenmassen und schrieb.

„Lass dich überreden", sagte Michael grinsend. „Reichlich Essen, ein prasselndes Feuer, Musik, Kuscheln auf der Couch, Buster..."

Jim lachte. „Na, da haben wir es doch. Buster war natürlich der entscheidende Faktor." Nicht, dass er groß hätte überzeugt werden müssen. Die Aussicht, die Feiertage mit Michael und Julian zu verbringen, ließ Schmetterlinge in seinem Bauch flattern und sein ganzer Körper kribbelte. Dann fiel es ihm wieder ein. „Okay, aber... Vorher muss ich wirklich noch eine Menge Worte zu Papier bringen."

Michael strahlte. „Fühlst du dich auch inspiriert?"

Er zuckte mit den Schultern. „Da ist nur etwas, das ich ausprobieren möchte." Er hatte sich viele Notizen gemacht – jetzt war es an der Zeit, zu sehen, ob er sie alle zu einer Geschichte zusammenfügen konnte.

„Okay. Das Angebot steht." Michaels Augen funkelten. „Julian und ich werden deine Belohnung dafür sein, dass du die Wörter zu Papier bringst. Aber... Schlaf nicht allein, okay? Nicht, wenn wir ein großes Bett und darin einen Platz haben, auf dem dein Name steht."

Oh Gott. Der Gedanke, mit ihnen zu schlafen, die Arme umeinander geschlungen, die Intimität...

Und der Sex. Vergiss den Sex nicht. Denn Jim hatte das Gefühl, dass es davon eine Menge geben würde.

„Ich würde liebend gern meine Nächte mit euch verbringen."

Michael legte seinen Bleistift weg, ging zu Jim hinüber, der auf dem Hocker saß, und drückte ihm einen weiteren Kuss auf die Wange. „Ich freu mich so", flüsterte er. Er schaute nach unten auf Jims anschwellenden Schwanz. „Da scheint sich noch jemand zu freuen. Genau genommen..." Er ging wieder zur Staffelei zurück. „Woran auch immer du gerade denkst, mach weiter damit. Ich will meine Skizze fertigstellen."

Jim lachte. „Du meinst, du willst mich mit einem Ständer zeichnen. Aber warum? So kannst du mich doch sicher nicht schnitzen? Wer würde das kaufen wollen?"

Michael gluckste. „Wer sagt, dass ich es verkaufen werde? Jetzt sitz still und denk darüber nach, was wir nach dem Abendessen mit dir machen werden."

Jims Herz hämmerte, und sein Schwanz richtete sich auf.

„Oh, das ist perfekt. Und ich weiß genau, was Julian damit anstellen wird."

Jim hatte so ein Gefühl, dass er es auch wusste.

Kapitel 13

„Steht er gerade?"

Michael warf einen Blick auf den Weihnachtsbaum und grinste. „Ungefähr so gerade wie du und ich. Darf ich jetzt?" Diese Diskussion hatten sie jeden Heiligabend. Julian bestand darauf, den Baum in den Ständer zu stellen, und dann übernahm Michael die Aufgabe, ihn gerade auszurichten.

Julian schnaubte. „Na schön. Dann übernimm halt. Ich stecke mal die Lichter ein, und vergewissere mich, dass sie alle funktionieren." Er griff in eine der zahlreichen Plastikboxen, die ihren Weihnachtsschmuck enthielten, und zog ein gigantisches Knäuel aus grünen Kabeln und winzigen, klaren Lichtern heraus.

Michael seufzte. „Ich glaube, es ist an der Zeit, sie auszumustern."

Julian drehte ruckartig den Kopf in Michaels Richtung. „Was? Auf keinen Fall. Die funktionieren noch prima."

Michael griff in die Box, holte eine kleine Plastiktüte heraus und hielt sie Julian unter die Nase. „Dir gehen die Ersatzbirnen aus. Und wenn du die letzte verwendet hast, wirst du keine mehr nachkaufen können. Niemand stellt mehr solche Lampen her. Das sind jetzt alles LED-

Lampen. Keine Birnchen zum Einstecken. Keine Glühfäden, die kaputtgehen." Er grinste. „Wir müssen nicht mehr jede einzelne Birne untersuchen, um die eine kaputte zu finden."

„Aber... Die haben wir doch schon seit–"

„Einer Ewigkeit." Michael sah Julian in die Augen. „Also ist es vielleicht Zeit für eine Veränderung."

Julian starrte ihn an, und sein Adamsapfel hüpfte. Schließlich sackten seine Schultern herunter. „Du hast recht. Nach Weihnachten kaufen wir neue, damit wir für das nächste Jahr gerüstet sind. Können wir sie ein letztes Mal verwenden?"

Michael küsste ihn gemächlich auf die Lippen. „Ein letztes Mal", sagte er, als er zurückwich. „Mach schon. Steck sie ein. Mal sehen, ob sie noch funktionieren."

Julian lachte leise, als er den Stecker aus dem Knäuel herausfummelte. „Ich denke immer noch, dass es Hexerei ist. Jedes Jahr im Januar, wenn man sie abnimmt, funktionieren sie einwandfrei, aber irgendwie machen sich bis Dezember die Fehlerteufel dran zu schaffen." Er steckte den Stecker in die Steckdose, und Hunderte von weißen Lichtern blinkten auf. Julian starrte sie mit offenem Mund an. „Ich glaub's nicht. Das ist seit Jahren nicht mehr vorgekommen." Er warf Michael einen hoffnungsvollen Blick zu. „Hey, bedeutet das–"

„Nein, bedeutet es nicht", antwortete Michael fest. „Wir tauschen sie trotzdem aus. Jetzt lass mich den Baum ausrichten, dann können wir mit dem Schmücken beginnen, bevor Jim kommt." Er wollte, dass alles fertig war, wenn Jim am Nachmittag zu ihnen stieß. Michael konnte es nicht erwarten, sein Gesicht zu sehen.

„Ich mag diese Routine, in die wir verfallen sind", murmelte Julian, während er den Baum festhielt und Michael die Schrauben löste, die den Baum im Ständer fixierten.

„Von welcher Routine redest du?" Michael stand auf, ging ein Stück vom Baum weg und musterte ihn kritisch. „Ein bisschen nach links?" Julian folgte der Anweisung. „Ein bisschen mehr. Stopp. Nicht bewegen." Er ging vor dem Baum in die Hocke und zog die Schrauben rasch an.

„Der dieser letzten Woche. Jim kommt zum Abendessen, er bleibt über Nacht, am nächsten Morgen frühstücken wir zusammen, er geht schreiben, wir machen unser Ding, und am Abend ist er wieder da." Julians Augen glänzten. „Nicht, dass die Nächte Routine wären."

Michael musste ihm recht geben. Jim war vor ihren Augen aufgeblüht, reagierte auf Vorschläge mit wachsender Begeisterung und zeigte eine Unerschrockenheit, die sowohl aufregend als auch unerwartet war.

„Ich kann nur sagen, dass wir dieses Jahr sehr gute Daddys gewesen sein müssen, da Santa uns ein solches Geschenk gebracht hat." Julian stieß einen glücklichen Seufzer aus. „Es ist wunderbar, ihn in unserem Bett zu haben."

„In unserem Leben, meinst du." Michael stand auf und nahm Julian das Kabelgewirr aus der Hand.

„Ist das nicht dasselbe?"

Michael betrachtete Julians funkelnde Augen, den geröteten Hals und die roten Wangen. „Tu's nicht."

Julian blinzelte. „Was denn?" Die Bewegung seines Adamsapfels verriet so einiges.

Michael deponierte die Lichterkette auf der Couch und legte Julian die Hände auf die Schultern. „Ich kenne dich. Ich kenne die Anzeichen. Verlier nicht dein Herz."

Julian klappte der Unterkiefer herunter. „Verdammt. Du siehst *tatsächlich* bis in mein Innerstes, hm?"

Michael konnte nicht zulassen, dass er sich Illusionen machte. „Ist dir vielleicht in den Sinn gekommen, dass ich weiß, wie du dich fühlst, weil ich dieselben Gefühle in mir erkenne?"

Die warmen braunen Augen weiteten sich. „Dann bist du–"

Michael legte Julian einen Finger auf die Lippen. „Ich lasse uns das nicht noch einmal durchmachen. Das letzte Mal hat zu sehr wehgetan. Um unser *beider* willen müssen wir uns also eines immer vor Augen halten – wenn seine Zeit in der Hütte vorbei ist, wird Jim gehen. Wie groß die Lücke ist, die er in unserem Leben hinterlässt, hängt davon ab, wie weit wir ihn hereinlassen."

Julian starrte ihn an. „*Ihn hereinlassen*? Gott, er ist schon durch die Tür. Er hat eine Zahnbürste in unserem Badezimmer, um Himmels willen." Dann sackte er vor Michaels Augen in sich zusammen und lehnte sich an ihn. Michael wurde sich der Tatsache bewusst, dass Julian zitterte.

„Hey", sagte Michael leise und hielt ihn fest.

Julian vergrub sein Gesicht an Michaels Hals. „Uns bleibt nicht mehr viel Zeit mit ihm."

Michael streichelte ihm den Rücken. „Dann machen wir das Beste aus jeder Minute, okay?" Er legte seine Finger unter Julians Kinn und hob es an. „Und wir versuchen, uns nicht in ihn zu verlieben."

„Du meinst, noch mehr, als wir es schon getan haben?" Julians Augen glänzten.

Michael konnte nichts weiter dazu sagen. Julian hatte es auf den Punkt gebracht.

Er küsste Julian noch einmal. „Komm schon. Wir haben noch eine Menge Arbeit vor uns, wenn wir bereit sein wollen, wenn Jim kommt." Er lächelte. „Er wird das Haus nicht wiedererkennen, wenn wir fertig sind."

Wenn er sich beschäftigte, konnte er seinen Verstand von den Gedanken fernhalten, die ihn quälten.

So wie es sich anhörte, quälten diese Gedanken sie beide.

Mit einem zufriedenen Seufzer klappte Jim den Laptop zu. *Wie lange ist es her, dass die Worte so geflossen sind?* Lange genug, dass es ihn total begeisterte. Es war nicht so, dass er die Krimiserie nicht gerne geschrieben hatte, aber das hier? Dies war neu und wunderbar. Jeden Morgen, wenn er zur Hütte zurückging, fluteten Ideen, Szenarien und Gespräche seinen Kopf... Seine Figuren hielten nie die Klappe, und das gefiel Jim richtig gut. Nachdem er das erste Kapitel beendet hatte, überkam ihn der Drang, mehr zu schreiben, und in einer Woche hatte er fünfundvierzigtausend Wörter geschrieben. Er hatte sich an drei- bis viertausend Wörter pro Tag gewöhnt, aber dieser neue Schwung wollte nicht nachlassen. Er machte das Beste aus jeder Minute am Laptop, und wenn er dann am Ende des Tages Feierabend machte, war er zutiefst zufrieden. Jim hatte sich selbst ein Versprechen gegeben: Wenn er eine Nacht mit Michael und Julian haben wollte, musste er sie sich erst *verdienen*.

Allerdings war heute Heiligabend, und Jim wusste, dass er am nächsten Tag nicht zum Schreiben kommen würde, aber das war in Ordnung. Das Ende war in Sicht. Wenn dieser Rausch anhielt, würde er Anfang Januar mit einem Buch abreisen, das er einreichen konnte.

Aber wo? Bei seinem Verleger? Wollte er es auf traditionelle Weise veröffentlichen oder sich in die bisher unbekannten Gewässer des Self-Publishings vorwagen?

Jim war noch nicht dazu gekommen, eine Entscheidung über das Schicksal des Buches zu treffen. Und an diesem Abend wollte er auf keinen Fall darüber nachdenken, nicht, wenn zwei umwerfende Bären auf ihn warteten.

Macht mich das zu einem Bärenjungen? Der Gedanke amüsierte ihn. Dann breitete sich Hitze in seinem Körper aus. *Ich bin ihr Junge – noch zwei Wochen oder so.* Zwei weitere Wochen, in denen er zwischen ihnen aufwachen würde und ihre Hände nach ihm greifen würden, als hätten sie im Schlaf irgendwie das Bedürfnis gehabt, sie alle drei zu verbinden. Noch zwei Wochen voller großartigem Sex, der seine Welt erschüttert hatte. Noch zwei Wochen auf ihrer Couch sitzen, in Michaels Atelier posieren und Julian beim Malen zuschauen...

Letzteres war ein Schock gewesen. Wenn man Michaels Gesichtsausdruck Glauben schenken durfte, ließ Julian keine Zuschauer zu, und doch hatte er die Einladung ausgesprochen. Jim hatte auf der roten Samtcouch gesessen und jeden von Julians Pinselstrichen auf der Leinwand beobachtet, er hatte kein Wort zu sagen gewagt, war aber dankbar für die Gelegenheit gewesen.

Es war erstaunlich, wie gut er sie in so kurzer Zeit kennengelernt hatte. Michael war der Fels, Julians Anker. Es war seine Ruhe, die ihr Zuhause durchdrang, eine Ruhe, die Jim begierig aufsaugte. Der Versuch, mit Julian Schritt zu halten, während dessen Gedanken ohne Vorwarnung von einem Thema zum anderen sprangen, wurde zu einer täglichen Aufgabe, die Jim genoss. Und das Beste daran? Die Nähe, die er zwischen ihnen beobachtet hatte, die Sinnlichkeit, die Intimität... All diese Dinge schlossen jetzt auch Jim ein, und jeder Tag verlieh den Gefühlen, die Jim zum ersten Mal in seinem Leben verspürte, neue Tiefe.

Ich bin davor davongelaufen. Und doch war das die

Inspiration, die seinem neuen Buch Leben einhauchte. Zum ersten Mal schrieb er über sexuelle Intimität, und jedes Wort wurde durch seine Erfahrungen zum Leben erweckt. Und er wusste, wenn er Michael oder Julian in die Nähe seines kostbaren Manuskripts ließ, würden sie sich sofort in seinen Figuren Mike und Jake wiedererkennen.

Zwei Männer warten auf dich. Du vergeudest wertvolle Zeit, während der ihr euch küssen könntet. Weiß Gott, Jim liebte es, wie oft sie einander küssten. Und was mit Küssen auf der Couch begann, führte meistens ins Schlafzimmer.

Er konnte gar nicht genug von ihnen bekommen.

Das Klopfen an der Tür ließ sein Herz schneller schlagen. „Hohoho?"

Jim lief grinsend zur Tür, öffnete sie und sah Michael auf der Fußmatte stehen, in seine übliche dicke Jacke gehüllt, aber eine knallrote Santa-Mütze mit weißem Pelzbesatz auf dem Kopf. Ein weich aussehender roter Schal schmückte seinen Hals.

„Ich bin doch nicht zu spät, oder?", fragte Jim. „Ich habe gesagt, dass ich um fünf Uhr da sein würde, und es ist erst halb fünf."

Michael trat in die Hütte und schloss die Tür hinter sich. „Nein, du bist nicht zu spät. Ich bin nur ungeduldig geworden, das ist alles. Wir warten auf dich, damit wir anfangen können, Weihnachten zu feiern."

Wärme durchflutete ihn. „Oh. Das ist lieb." Er sah nach unten. „Du hast Buster nicht mitgebracht?"

Michael gluckste. „Buster liegt in seinem gemütlichen Bett und kaut auf seinem neuen Spielzeug herum. Und wartet darauf, dass du kommst und ihn knuddelst." Er machte einen Schritt auf Jim zu. „Was genau das ist, worauf ich auch gewartet habe."

Jims Herzschlag beschleunigte sich, und er wollte in

diesem Moment nur eines, nämlich, dass Michael ihn küsste.

Das ist gegen die Regeln, schon vergessen?

„Ich hole mir nur noch schnell Kleidung zum Wechseln für morgen." Er ging zu den Schubladen hinüber, in denen er seine Pullover und Unterwäsche aufbewahrte.

„Du kannst die Unterwäsche auch weglassen."

Jim drehte ruckartig den Kopf und sah Michael an, der ihn schalkhaft anlächelte. „Wie bitte?"

Michael deutete auf die weiße Unterhose, die Jim in der Hand hielt. „Lass sie hier. Zu wissen, dass du unter dem Reißverschluss nackt bist, wäre ganz schön heiß." Seine Augen funkelten. „Weniger Schichten zu entfernen."

Jim schluckte. „Du denkst immer nur an das Eine, ist dir das klar?" Nicht, dass er sich beschweren würde. Wenn es um Sex ging, arbeitete Michaels Verstand geradezu köstlich erfinderisch.

Michael hob seine behandschuhten Hände. „Deine Entscheidung. Ich habe dir meine Meinung dazu gesagt."

Jim warf einen Blick auf die Unterhose. *Scheiß drauf.* Er legte sie in die Schublade zurück, ohne in Michaels Richtung zu schauen. Das musste er auch nicht – Michaels leises Lachen sagte alles. Nachdem er seine Tasche gepackt hatte, sah Jim sich noch einmal in der Hütte um. *Mist.*

„Was ist los?"

Jim seufzte. „War ich so offensichtlich?"

Michael zuckte mit den Schultern. „Ich hatte nur das Gefühl, dass du über etwas unglücklich bist."

Jim nickte. „Ich habe keine Geschenke für dich und Julian." Daran hatte er bis zu diesem Morgen noch nicht einmal gedacht.

Michael kam zu ihm herüber und schloss Jim in seine starken Arme. „Dass du Weihnachten mit uns feierst, ist das beste Geschenk, das du uns machen kannst. Also bitte, denk nicht so. Wie lange bleibst du bei uns?"

„Bis zum siebenundzwanzigsten?" Da er schon so viel geschafft hatte, konnte Jim es sich leisten, seinem Laptop zwei Tage lang fernzubleiben.

Michael strahlte. „Perfekt. Dann lass uns von hier verschwinden. Julian hat Glühwein für dich." Seine Lippen waren nur Zentimeter von Jims entfernt, sein Atem war warm und roch nach Schokolade und gewürztem Rum. Und *Mann*, Jim wollte diese Lippen auf seinen spüren.

„Glühwein klingt gut", murmelte er. Er schloss die Lücke ein wenig mehr, und Michaels Augen weiteten sich.

Jetzt schluckte Michael. „Wir sollten besser gehen." Er wich zurück und ließ Jim los, dann griff er nach Jims Tasche. „Lass mich die nehmen. Zieh deine Jacke an."

Als sie in die kalte Luft hinaustraten, schlug Jims Herz wieder in seinem normalen Rhythmus. Neben dem Zwitschern der Vögel war das Knirschen des frisch gefallenen Schnees unter ihren Füßen das einzige hörbare Geräusch. Die Sonne ging unter, und Jim konnte es kaum erwarten, das Haus und das hell erleuchtete Innere zu sehen.

„Kann ich beim Kochen helfen?" Schon als Jim die Frage stellte, kannte er die Antwort. Julian hatte in der Küche das Sagen.

„Für das Abendessen ist schon gesorgt. An Heiligabend kochen wir nicht. Stattdessen snacken wir eigentlich nur. Es gibt verschiedene Sorten Käse, Pastete, Chips, worauf auch immer wir Lust haben."

„Klingt nach einem Teppichpicknick." Jim liebte diesen Ausdruck, seit er ihn in *Pretty Woman* gehört hatte.

„Genau!" Michael packte ihn am Arm. „Vertraust du mir?"

„Ja." Darüber brauchte Jim gar nicht erst nachzudenken.

„Okay." Michael nahm seinen Schal ab und verband Jim die Augen. „Ich werde dich führen. Ich möchte nur, dass es eine Überraschung ist, das ist alles."

Jims Herz raste wieder. „Okay." Michael griff mit seiner behandschuhten Hand nach Jims, und Jim setzte vorsichtig einen Fuß vor den anderen, folgte Michaels Anweisungen, als sie den Weg entlang gingen.

Michael stoppte ihn und drehte ihn um. „Bereit?"

„Sicher." Nachdem Michael ihm den Schal abgenommen hatte, ließ der Anblick vor ihm Jim den Atem stocken. Das Innere des Hauses schien voller Lichter zu sein. Der Weihnachtsbaum war mit Lichterketten behängt, und sie schmückten jeden Fensterrahmen. Auch die Tannen, die neben dem Haus standen, waren mit Lichtern geschmückt.

„Das habt ihr alles gemacht, nachdem ich heute Morgen gegangen bin? Wow! Ihr müsst wie die Pferde geschuftet haben." Er folgte Michael auf die seitliche Veranda, wo Buster bereits die Pfoten gegen die Glastür stemmte und mit dem Schwanz wedelte.

„Da freut sich jemand, dich zu sehen", stellte Michael fest.

Sobald Jim die Tür öffnete, tanzte Buster übermütig um seine Knöchel und hüpfte winselnd immer wieder in die Höhe. Jim nahm ihn auf die Arme und Buster leckte ihm über das Ohr. „Danke, Buster. Und dir auch frohe Weihnachten." Die Aufregung hatte dem kleinen Hund offensichtlich zugesetzt – er wand sich in Jims Armen, unternahm aber keinen Versuch, wieder auf den Boden zu springen. Jim bemerkte das neue Halsband um seinen Hals. „Ich sehe, Santa war schon da."

Michael lachte. „Belohnungsaufschub existiert in Busters Wortschatz nicht. Außerdem bekommt er morgen noch mehr Geschenke." Er grinste. „Ja, wir verwöhnen unseren Hund. Verklag mich."

Jim setzte den zappelnden Buster in seinem Körbchen ab. „Hey, ihr seid seine Daddys. Ihr macht das, wie ihr wollt." Als er sich aufrichtete, griff Michael nach Jims Jacke und hielt sie für ihn, während Jim seine Arme befreite.

„Da bist du ja endlich." Julian kam ins Wohnzimmer, die Arme weit ausgebreitet. „Gott, es kommt mir vor, als hätte ich dich seit Stunden nicht mehr gesehen." Seine Augen funkelten.

Bevor Jim ihn begrüßen konnte, hatte Michael Jims Jacke auf die Couch gelegt, und Jim fand sich von starken Armen umgeben. „Jetzt kann ich richtig Hallo sagen", meinte Michael leise. Seine Lippen waren die ersten, die Jims in einem hungrigen Kuss eroberten, und Jim erwiderte den Kuss mit der gleichen Sehnsucht. Dann war Julian an der Reihe, und Jim gab sich dem Verlangen hin, das ihn verzehrte.

Julian unterbrach den Kuss. „Willst du etwas trinken? Etwas essen? Oder–"

„Oder. Ich entscheide mich für *oder*."

Das Stocken in Julians Atem war erfreulich. „Schlafzimmer?"

Jim warf einen Blick auf den dicken Teppich vor dem Ofen. „Wie wäre es hier?" Sein Herz schlug wie wild.

Michael schnappte nach Luft. „Bist du sicher?"

Jim nickte. Er hielt es für höchst unwahrscheinlich, dass jemand am Haus vorbeigehen würde. Außerdem überlief ihn beim Gedanken, gesehen zu werden, einen Schauer sinnlicher Verruchtheit, wie er ihn noch nie gespürt hatte. Er zitterte. „Ich wünsche mir nur eines zu Weihnachten... Wir drei, nackt, vor dem Kamin."

Julian schluckte, dann rannte er zur Treppe.

Jim schaute ihm hinterher. „Habe ich etwas Falsches gesagt?"

Michaels Atem kitzelte ihn am Ohr. „Er holt das

Gleitmittel."

Jim tat erstaunt. „Ihr habt keins hier unten?" Er hatte Visionen von Gleitgel, das in jedem Winkel des Hauses versteckt war.

Michaels verlegener Gesichtsausdruck war bezaubernd. „Es ist uns vor ein paar Wochen ausgegangen. Ich wollte es schon lange ersetzen." Er kniete sich auf den Teppich und zog Jim mit sich hinunter. Augenblicke später war auch Julian wieder da.

Michael beugte sich vor und küsste Jim auf den Mund. „Zeit, unser Geschenk auszupacken."

Julians Lippen kitzelten Jims Hals. „Armes altes Weihnachten. Es kommt nur einmal im Jahr. Du hingegen..."

Michael küsste die andere Seite seines Halses. „Du darfst kommen, bis du völlig erschöpft bist."

Jim legte die Arme um sie. „Ich kann mir keine bessere Art vorstellen, die Feiertage einzuläuten."

Es versprach, das beste – und anstrengendste – Weihnachtsfest aller Zeiten zu werden.

Kapitel 14

Jim öffnete die Augen und lächelte. Auch wenn er seit eineinhalb Wochen jeden Morgen in diesem Bett aufgewacht war – das Glücksgefühl, das er empfand, wenn er langsam aus dem Schlaf auftauchte und sich zwischen ihnen wiederfand, hatte kein bisschen nachgelassen. In diesem Fall schadete Vertraulichkeit nicht. Tatsächlich brachte jeder Tag etwas Neues – eine Bitte, die er noch nie zuvor formuliert hatte, Worte der beiden, die ganz tief in sein Herz drangen und sich so richtig anfühlten, dass es ihn sprachlos machte, oder sein neu entdeckter Stolz auf die Lust, die er mit ihnen erlebte.

Das Jahr würde auf eine Weise enden, die Jim vor zwölf Monaten oder selbst vor einem Monat nicht hätte vorhersehen können.

Wird alles anders sein, wenn ich wieder in San Francisco bin? Werde ich anders sein?

Blöde Frage. Er war es bereits. Aber was seine Bereitschaft anging, sein Leben zu ändern, stand Jim auf unsicherem Boden. Er erinnerte sich an die Familienurlaube seiner Kindheit. Das Gefühl dieser zwei oder drei Wochen, die in gewisser Weise völlig vom wirklichen Leben abgekoppelt waren, hatte es umso schwieriger gemacht, wenn es an der Zeit war, die Koffer zu packen und in die Realität zurückzukehren. Ihm fiel wieder ein, wie er seine Mutter gefragt hatte, warum sie nicht einfach für immer dableiben konnten.

Als Erwachsener kannte er die Wahrheit. *Du kannst den Himmel nicht für immer in der Hand halten. Du musst ihn loslassen und darauf vertrauen, dass er wieder da sein wird, wenn du ihn am meisten brauchst.*

„Guten Morgen." Julians Murmeln holte ihn in die Realität zurück, und dann verriet eine warme Hand auf Jims erigiertem Schwanz ihm, welche Richtung sein Morgen nehmen würde.

Ein weiteres Stück Himmel wartete auf ihn.

„Morgen." Jim lag Julian zugewandt da, während Michael sich an Jims Rücken geschmiegt und einen Arm schützend um seine Taille gelegt hatte. Jim fand es überraschend, wie sie ihn immer zwischen sich hielten, ihn umgaben, ihn mit ihrer Wärme einhüllten.

Er lachte leise, als Julian sanft seinen Schwanz rieb. „Willst du was?"

Julians Augen waren plötzlich wacher. „Ich denke, ich habe lange genug gewartet." Er verstärkte seinen Griff um Jims Schaft. „Ich will dich reiten."

Jims Herz raste, und er schüttelte die letzten Reste des Halbschlafs ab. Auf einmal fühlte er sich hellwach. Bis jetzt hatte er noch nicht getoppt, was ihn aber nicht im Geringsten störte. Es war nicht das erste Mal, dass Julian davon gesprochen hatte, Jims Schwanz in sich spüren zu wollen, aber weiter waren sie noch nicht gekommen. Die Aussicht, in Julians Arsch einzudringen, ließ noch mehr Blut nach Süden fließen.

„Kein Kuss?", neckte er ihn. „Kein Vorspiel?" Er war total aufgedreht, als er diese Worte aussprach. Er hätte sich nie träumen lassen, dass er... sich in seiner eigenen Haut so wohlfühlen könnte, so entspannt sein könnte – so kühn.

„Wir können uns küssen, während du in mir bist."

Michaels ironisches Lachen verkündete, dass er nun mit von der Partie war. „Mach einfach mit. Wenn Julian geil aufwacht, ist das alles, was du tun kannst."

Jim lachte. „Aber er wacht doch jeden Tag geil auf."

Michael drehte Jim auf den Rücken. Seine Augen funkelten, als er sich über Jim beugte, um ihn zu küssen. „Und was willst du damit sagen?"

„Hey, können wir wieder zum Thema zurückkommen?", forderte Julian, der immer noch die Hand um den Ansatz von Jims Schaft gelegt hatte.

Das brachte Jim und Michael zum Lachen. „Wärst du so gut?", bat Jim Michael, der sofort die Flasche Gleitmittel vom Nachttisch nahm. Er drückte eine großzügige Menge davon auf Jims harten Schwanz und verteilte es darauf. Julian verlor keine Zeit, setzte sich rittlings auf Jim und griff hinter sich, um Jims Eichel zwischen seine Pobacken zu führen. Er starrte Jim an, seine Augen leuchteten, seine Pupillen waren so dunkel...

„Bist du bereit, Daddy zu ficken?"

Jims einzige Reaktion bestand darin, die Hüften zu neigen und zuzustoßen. Er keuchte auf, als seine Eichel sich durch Julians engen Muskel schob. Julian nickte und atmete flach, als er sich in einer fließenden Bewegung nach unten sinken ließ, bis Jim ganz in ihm war. Julian schluckte. „Fuck. Du bist so tief drin." Er beugte sich vor und küsste Jim auf die Lippen, die Hand um seinen eigenen Schwanz geschlungen.

Jim legte die Hände auf Julians Hüften und stieß in ihn, sprachlos ob des exquisiten Gefühls, wie Julians Körper seinen Schwanz umschloss. Als Julian sich aufsetzte und ihn zu reiten begann, dabei das Becken fließend kreisen ließ, überließ Jim ihm die Arbeit und ergötzte sich an Julians Anblick, seinem sich rhythmisch bewegenden

Körper, der bereits schweißbedeckten Brust. „Du siehst umwerfend aus", sagte er zu Julian. „Du fühlst dich so gut an." Tatsächlich besser, als er es aus der Zeit in Erinnerung hatte, als ihm ein Leben ohne Sex attraktiver vorgekommen war als die Verstrickung der Gefühle, die immer mit Sex einherging.

Michael kniete sich neben Jims Kopf und drehte ihn sanft, damit er seinen Schwanz erreichen konnte. „Ich möchte den Mund unseres Jungen an meinem Schwanz spüren."

Jim nahm ihn eifrig in den Mund und machte sich nicht die Mühe, sein Stöhnen um Michaels dicken Schaft zu unterdrücken. Michael rutschte erneut herum, positionierte sich rittlings über Jims Brust und fickte seinen Mund mit langen, gleichmäßigen Stößen.

„Ich liebe deinen Mund", murmelte Michael, bevor er seinen Schwanz aus Jims Mund zog, sich zu ihm hinunterbeugte und ihn küsste. Michaels Augen strahlten, als er lächelte. „Dein Loch liebe ich genauso sehr."

Dann veränderte er seine Position, und Jim stöhnte auf, als Michael sich hinter Julian kniete, weil er wusste, was kommen würde.

„Gibst du mir ein Kissen?", bat Michael Julian, der sich eines schnappte und es ihm reichte. Michael schob es unter Jims Hintern, und Julian beugte sich vor, bis seine Brust die von Jim berührte.

„Du wirst dich nicht entscheiden können, was du tun willst – mich ficken oder dich selbst auf seinem Schwanz ficken." Julian grinste. „Du hast die Qual der Wahl."

Michael packte Jims Schenkel und drückte sie auseinander. Das Klicken der Gleitgelflasche, mit Gel benetzte Finger an Jims Loch und *endlich...* Bei dieser ersten, gemächlichen Penetration kam ein Seufzer über Jims Lippen.

Ja. Ohh, ja.

Was auch immer sie im Bett taten – *nichts* kam an das herrliche Gefühl heran, mit ihnen beiden so verbunden zu sein.

„Es fühlt sich richtig an, nicht wahr?"

Jim stockte der Atem, als er hörte, wie Michael seine eigenen Gedanken aussprach. „Ja." Julian nickte über ihm und ließ sinnlich das Becken kreisen, während er Jims Schaft ritt.

Michael schob seinen Schwanz bis zum Anschlag in Jim. „Es fühlt sich an, als würde er dort hingehören, stimmt's?"

„Fuck, ja." Die Worte kamen Jim einfach so über die Lippen. Er stöhnte auf, als Michael sich zurückzog. „Schieb ihn wieder rein." Als er nicht sofort reagierte, hob Jim den Kopf vom Kissen und blickte Michael ins Gesicht, das hinter Julian zu sehen war. „Bitte, Daddy." Dann gab er ein leises Stöhnen von sich, als Michael wieder in ihn eindrang.

Da war es wieder, dieses Gefühl der Verbundenheit, nach dem Jim sich sehnte, so süchtig machend wie eine Droge. Und er wusste genau, wie er es verabreicht haben wollte.

„Bitte, Daddy, mach langsam." Er schluckte, zitterte. „Liebe mich."

Michael erstarrte, und einen Moment lang fürchtete Jim, zu viel gesagt zu haben. Julian stockte der Atem, er löste sich von Jim, und Jims Schwanz klatschte mit einem feuchten Schmatzen gegen seinen Bauch. Julian legte sich neben Jim und schob den Arm unter Jims Nacken, während er ihn küsste. Julian richtete den Blick auf Michael. „Ich möchte sehen, wie du unseren Jungen liebst."

Michael nickte und hakte die Arme unter Jims Knie. Er schob sich langsam bis zum Anschlag in Jim und hielt dann inne, sein Gesicht über Jims. „Bist du unser Junge?"

„Ja, Daddy." Jims Herz hämmerte.

Michael verfiel in einen absolut perfekten Rhythmus. „Ist es das, was du brauchst?"

„Ja, Daddy."

„Ist es so, wie du es wolltest?"

„Oh, Fuck, ja, Daddy." Das hatte Jim bis zu diesem Moment selbst nicht gewusst. Julian küsste ihn, seine Hände umfassten warm Jims Schwanz und rieben ihn gemächlich im Takt von Michaels Stößen. Michaels Lippen lagen auf Jims, und dann auch Julians. Nie zuvor hatte es einen süßeren Kuss gegeben.

Michaels Seufzen erfüllte die Luft. „Meine Männer." Ein weiterer Kuss, eine weitere Verbindung und die ganze Zeit über schob Michael seinen Schwanz in Jim hinein und zog ihn wieder heraus, während Julian mit Jims Schwanz spielte.

„Soll ich dich wieder reiten?", fragte Julian.

Jim konnte die Worte nicht länger unterdrücken. „Ja. Es ist immer am besten, wenn wir alle verbunden sind."

Michael warf Julian einen kurzen Blick zu, dann zog er Jim von der Matratze hoch. Für einen Moment löste er sich aus Jims Körper, als er sich auf den Rücken legte. „Reitest du *mich*, Süßer?"

Jim schwang sich rittlings über Michaels Hüften und lenkte Michaels Schwanz wieder dorthin, wo er hingehörte. Julian streichelte und küsste Jims Rücken und Schultern.

Michael umfasste Jims Gesicht. „Willst du unser Sperma in dir haben?"

Ein Hochgefühl erfüllte ihn. „Musst du das noch fragen?" Jim liebte es, wenn ihre Schwänze in ihm pulsierten, ihre Wärme ihn füllte.

Michael streifte seine Lippen in einem zarten Kuss. „Wie würde es dir gefallen, Julians Schwanz zusammen mit meinem in dir zu spüren?"

Er erstarrte, konnte nicht mehr atmen.

„Es ist in Ordnung, wenn du das nicht willst", versicherte Michael ihm.

Jim starrte ihn an, und seine Gedanken rasten. *Was, wenn es wehtut?* Dann folgte genauso schnell ein anderer Gedanke. *Was, wenn es noch unglaublicher ist als alles, was ich bisher mit ihnen getan habe? Was, wenn es meine Verbindung mit ihnen noch mehr vertieft?*

Oh Gott, das wollte er.

Jim holte tief Luft. „Die Vorstellung macht mir Angst, aber... Ich will es versuchen."

Michael strahlte. „Das ist unser Junge." Seine Worte entfachten ein Feuer in Jim, und Wärme durchströmte seinen Körper. Michael zog Jim zu sich herunter, bis er auf seiner Brust lag, und schlang die Arme um ihn. „Entspann dich einfach. Atme. Halt dich an mir fest. Daddy kümmert sich um alles."

Julian verteilte Küsse entlang Jims Wirbelsäule, und dann hörte Jim das verräterische Klicken der Gleitgelflasche. Jim stieß ein zittriges Lachen aus. „Man kann nie zu viel Gleitmittel verwenden, richtig?" Er keuchte, als Julians feuchte Schwanzspitze durch seine Spalte dorthin glitt, wo Michael ihn bereits dehnte.

„Stell dir vor, wie gut es sich anfühlen wird, wenn wir beide dich lieben", sagte Julian leise.

Gott, ja. Er wollte so gern wissen, wie sich das anfühlte. Dann verspürte Jim Druck und stöhnte auf. „Großer Gott."

„Setz dich drauf", drängte Michael ihn. „Genau so, setz dich einfach drauf und atme."

„Oh verdammt." Das Gefühl, gedehnt zu werden, war zu etwas *Großem* geworden und drohte, ihn zu überwältigen.

„Tief durchatmen. Schau mir in die Augen." Michael hielt seinen Blick fest. „Wir sind beide in dir."

„Ihr seid beide so *groß*." Jim schnappte nach Luft.

„Und wir werden uns nicht bewegen, bevor du es sagst", versicherte Julian ihm. Er streichelte Jims Rücken, schlang einen Arm um Jims Taille und umfasste seinen Schwanz. „Entspann dich, Baby. Tief durchatmen. Wir sind beide in dir."

„Ihr seid in mir?" Jim keuchte und versuchte, den Schmerz der Dehnung wegzuatmen.

„Keine Panik, deine Daddys sind für dich da." Michaels Stimme war beruhigend. „Hättest du dir jemals träumen lassen, dass du das kannst?" Er umfasste Jims Nacken mit beiden Händen, ohne den Blickkontakt zu unterbrechen.

„Niemals", platzte Jim heraus.

„Es fühlt sich voll an, nicht wahr?" Julian hatte eine Hand auf Jims Schwanz und die andere auf seiner Brustwarze. „Ich war schon an deiner Stelle, und ich kann nicht beschreiben, wie ich mich bei meinem ersten Mal gefühlt habe."

Jim konnte es auch nicht. So viele Empfindungen mischten sich. Ja, da war Schmerz, aber der verwandelte sich bald in Unbehagen und schließlich in etwas, das er nicht in Worte fassen konnte.

Tränen stiegen Jim in die Augen und liefen ihm über die Wangen, und Michael riss die Augen auf. „Sollen wir aufhören?"

Jim schüttelte den Kopf. „Keine Ahnung, warum ich weine." Das anfängliche Brennen ließ nach, aber das Gefühl, so unglaublich *voll* zu sein, hatte nicht nachgelassen. Und doch fühlte er sich so unfassbar *leicht*.

Jim hatte das Gefühl, dass er, wenn Michael ihn loslassen würde, davontreiben könnte, mitgerissen von den immer größer werdenden Wellen der Lust, die bereits gegen seine Füße schwappten.

Dann sah er in Michaels Augen ebenfalls Tränen. *Er fühlt*

es auch.

Jim stieß einen langen, zittrigen Atemzug aus und küsste Michael auf die Lippen. „Du kannst dich jetzt bewegen." Dann wurden alle Gedanken weggespült, als Julian sich zu bewegen begann, zuerst nur in winzigen Stößen, aber dann immer tiefer, während sein Atem warm über Jims Ohr strich. Michael hielt still, seine Hände umschlossen immer noch Jims Kopf, sein Blick war so konzentriert auf Jim gerichtet, dass Jim keinen Zweifel daran hatte, dass dies mehr war als alles, was sie bisher getan hatten, dass es etwas *bedeutete.*

Julian stieß ein gutturales Stöhnen aus. „Fuck, ich komme."

Eine unverkennbare Wärme erfüllte Jim, während Julian seine Arme um ihn schlang und ihn festhielt, als er kam. Jim war zwischen beiden Männern eingeklemmt und wandte sein Gesicht Julian zu, sodass sie einander küssen konnten, während Michael sie in den Armen hielt. Jim seufzte, als Julian sich aus ihm zurückzog und sich neben Michael legte, der in beruhigenden Kreisbewegungen über Jims Rücken strich.

„Leg dich auf die Seite, Baby, mit dem Gesicht zu Julian", wies Michael ihn an.

Jim tat, was er sagte, und Julian packte Jims Bein und zog sein Knie höher. Michael glitt wieder in ihn hinein, und beide hielten ihn fest, während Michael sich mit einer exquisiten Sanftheit in ihn hinein- und wieder aus ihm herausbewegte, und dabei eine Flut von Worten von sich gab: Er lobte Jim, sagte ihm, wie schön er war, wie gut es sich anfühlte, in ihm zu sein...

Worte, die unverkennbar von Liebe sprachen.

Und als Michael kam, ließ Jim los und fiel mit ihm über die Klippe, kam heftiger, als er es für möglich gehalten hatte, während Michael hinter ihm bebte und Julian ihn küsste.

Der letzte Tag des Jahres hatte den bedeutsamsten Moment seines Lebens mit sich gebracht, und nun lag Jim in ihren Armen und versuchte, so viel vom Himmel festzuhalten, wie er konnte.

Aber ich hatte recht, nicht wahr? Das ist die Sache mit dem Himmel – man kann ihn nicht behalten.

Julian begegnete über den schlafenden Jim hinweg Michaels Blick. *Wir haben ihn fix und fertig gemacht,* murmelte er lautlos. Das Frühstück würde zum Brunch werden, nicht, dass das Julian etwas ausmachte. Ein morgendlicher Fick mit Jim war zu etwas völlig anderem geworden, und das hatte ihn bis ins Mark erschüttert.

Michael lächelte und nickte. Dann sah er Jim an und seufzte.

Er spürt es auch.

Julian schluckte und griff über Jim hinweg, um Michael leicht an der Wange zu berühren. Als er Michaels Aufmerksamkeit hatte, schaute Julian ihm in die Augen.

Wir müssen reden, sagte er wieder lautlos.

Michael runzelte die Stirn. *Was ist denn los?,* antwortete er auf die gleiche Weise.

Wieder schluckte Julian schwer. *Ich will nicht, dass er geht.*

Kapitel 15

Michael spähte in die Küche. Jim war gegangen, um eine Weile in der Hütte zu schreiben, aber er hatte versprochen, rechtzeitig zurück zu sein, um das neue Jahr zu begrüßen. Es war schon eine Weile her, dass Michael und Julian ihre Neujahrsfeier mit jemandem geteilt hatten. Nicht, dass sie groß feierten, abgesehen von einem langsamen Fick vor dem Kamin, während der Fernseher lief. Michael küsste ihn um Mitternacht, wenn die Kugel fiel, und Julian ging ab wie eine Rakete.

Julian war so still geworden, dass Michael sich nicht sicher war, ob er überhaupt noch im Haus war. Aber da war er und kochte eine frische Kanne Kaffee.

„Ich dachte, du wärst im Studio", sagte Michael, als er die Küche betrat.

„Vielleicht später." Julian sah ihn nicht an, und ein leichtes Gefühl des Unbehagens legte sich auf Michaels Herz.

Irgendetwas stimmt nicht.

„Endlich allein", scherzte er, in der Hoffnung, die Spannung zu durchbrechen.

Keine Reaktion.

Michael ging zu Julian hinüber. „Bitte red mit mir." Er sprach leise, kämpfte darum, die Enge in seiner Brust und seinen sich beschleunigenden Herzschlag zu ignorieren.

„Ich kann nicht." Julian sah ihn immer noch nicht an, und Michaels Angst wuchs.

„Aber du hast gesagt–"

„Ich weiß, was ich gesagt habe", warf Julian ein. „Aber... Ich habe meine Meinung geändert."

Michael hatte genug.

Er packte Julian an den Schultern und drehte ihn langsam, aber bestimmt zu sich um. „Sprich mit mir. Seit wann bist du nicht mehr in der Lage, deine Gedanken mit mir zu teilen?"

Julian schluckte. „Vielleicht habe ich Angst davor, was du sagen wirst, wenn ich es tue."

Oh Fuck.

Michael zog einen Stuhl am Tisch heraus und wartete, bis Julian sich gesetzt hatte, bevor er sich ebenfalls setzte.

„Jetzt machst du *mir* Angst."

„Ich sollte etwas arbeiten gehen." Julian versuchte aufzustehen, aber Michael legte ihm die Hände auf die Schultern.

„Du bleibst genau hier sitzen, bis du mir sagst, was in deinem Kopf vor sich geht."

Julian blinzelte. „Sag mir, dass du es nicht gespürt hast."

Er runzelte die Stirn. „Was gespürt?"

„Heute Morgen. Mit Jim. Sag mir, dass du diese... Verbindung nicht gespürt hast. Und wenn du das tust, sage ich dir ins Gesicht, dass du ein verdammter Lügner bist."

Die Vehemenz seiner Worte verschlug Michael die Sprache.

Julian holte tief Luft. „Es tut mir leid." Lieber Himmel, er zitterte ja.

Michael ergriff Julians Hände und hielt sie sanft fest. „Okay. Ja, ich hab's gespürt." Er konnte es nicht leugnen.

„Als er dich gebeten hat, ihn zu lieben..." Julian erbebte.

Das war der Moment, in dem Michael es ebenfalls gespürt hatte. Und danach in ihn einzudringen, war... wunderbar gewesen.

„Was *ist* an ihm so anders?", fragte Julian. „*Wie viele* Männer hatten wir schon in unserem Bett? Ich zähle sie nicht, aber es sind ziemlich viele gewesen. Und *kein Einziger* ist mir je so unter die Haut gegangen wie er."

„Er ist dir schon längst mehr als unter die Haut gegangen." Michael umfasste Julians bärtigen Kiefer und hielt ihn fest, während er in Augen blickte, die er mit jeder Faser seines Seins liebte. „Er hat sich in dein Herz geschlichen." Als Julian erstarrte und große Augen machte, nickte Michael. „Ja. In meins auch."

„Aber..." Wieder schluckte er schwer. „Es sind gerade mal drei Wochen gewesen. Drei gottverdammte Wochen! Wie kann er...?" Julian erschauderte. „Ist es... wegen Kristofer? Ist es das? Denn sie sind sich wirklich *so* ähnlich."

„Ja, das sind sie – und doch auch wieder nicht. Ich weiß auch nicht, was es mit ihm auf sich hat. Ich weiß nur eines: Je mehr Zeit wir mit ihm verbringen, desto mehr möchte ich mit ihm zusammen sein." Jims ruhige Art, sein Lachen, sein Humor, sein Lächeln... Alles Dinge, die er auch mit früheren Besuchern gemeinsam gehabt hatte, doch mit Jim war er *mehr* als die Summe dieser Teile.

Michael warf Julian einen fragenden Blick zu. „Aber warum hast du Angst, mir das alles zu sagen? Sicherlich wusstest du, welche Wirkung er auf mich hat. Du hast es gesehen. Du warst dabei. Ich konnte das nicht verbergen." Er seufzte. „Ich konnte es auch nicht leugnen."

„Das war nicht der Grund, warum ich Angst hatte", gestand Julian.

„Was macht dir dann Angst?"

Julians Atem stockte. „Ich... Das habe ich dir doch gesagt, heute Morgen, als er zwischen uns schlief."

Michael dachte an diesen Moment zurück. Julian sah ihn über Jims regungslosen Körper hinweg an... Dann ging ihm ein Licht auf.

Ich will nicht, dass er geht.

„Du hast nicht davon gesprochen, dass er in die Hütte zurückgeht, oder?"

Julian schüttelte den Kopf.

„Du willst, dass er... bleibt?"

Ein langsames Nicken.

Oh Gott.

Julian wurde blass. „Du willst es nicht." Seine Lippen zitterten, und an seinem Hals konnte Michael eine Ader pulsieren sehen.

„Das habe ich nicht gesagt", schoss er schnell zurück. Sein Verstand arbeitete auf Hochtouren. „Aber... Er hat ein Leben. In San Francisco."

Julians Augen blitzten. „Macht es ihn glücklich? Das glaube ich nämlich nicht. Und was das Schreiben angeht, das kann er das überall tun. Zum Teufel, dieser Aufenthalt in Yosemite hat das bewiesen."

Michael hatte Mühe, gleichmäßig zu atmen. „Schau, ich will auch nicht, dass er geht, aber..." Einer von ihnen musste die Stimme der Vernunft sein. „Was würdest du zu ihm sagen? *Hey, Jim, warum lässt du dein Leben in San Francisco nicht hinter dir, ziehst hierher und bei uns ein?* Denn das ist im Grunde, was du vorschlägst. Und basierend worauf? Deinem *Bauchgefühl*?"

„Ich weiß, es klingt verrückt. Verdammt, ich hab mir tausendmal gesagt, dass es verrückt ist, seit ich ihn heute Morgen da liegen sah. Und es *ist* verrückt. Er ist erst vor drei Wochen in unser Leben getreten. Vor drei lausigen Wochen. Und trotzdem, hier bin ich und verliebe mich in ihn." Er schauderte. „Und die beiden Dinge, die mir am meisten Angst machen? Ich habe Angst, dass du nicht dasselbe empfindest – und er auch nicht." Julian holte tief Luft, seine Hand zitterte in Michaels. „Herrgott, ich hab gerade meine *Seele* vor dir entblößt. Sag was."

Michael war zu weit weg. Er zog Julian in seine Arme und hielt ihn fest, bis er Julians Herzschlag spüren konnte. Er drückte seine Wange an Julians, die Arme fest um ihn geschlungen. „Baby, ich liebe ihn auch. Nicht so, wie ich dich liebe, denn Gott weiß, ich liebe dich mit jeder Faser meines Seins, aber ja, ich bin dabei, mich in ihn zu verlieben, und zwar so sehr, dass es mir Angst macht." Er küsste Julian auf die Schläfe. „Du bist derjenige, dessen Herz immer über den Kopf siegt, das wissen wir beide, aber..." Er holte tief Luft, als eine Hitzewelle über ihn hinwegspülte, die ihn benommen zurückließ. „Ich weiß nicht, was ich tun soll", sagte er schlicht.

Julian löste sich von ihm. „Warum fragen wir Jim nicht, was er fühlt? Warum bitten wir ihn nicht einfach zu bleiben?"

Michaels Magen zog sich zusammen. „Und wenn er sagt, dass er nicht dasselbe empfindet? Was dann?" Er kannte die Antwort darauf. Es würde Julian das Herz brechen – erneut – nur dieses Mal wäre Michael nicht in der Lage, ihn zu stützen, ihn aufrecht zu halten.

Es ist unmöglich, jemanden aus einem tiefen Loch herauszuholen, wenn man mit ihm darin sitzt.

Julian atmete tief aus. „Dann sollte es nicht sein."

Michael blinzelte. „Das sagst du *jetzt*, aber wir wissen beide, dass es nicht so einfach zu akzeptieren wäre." Ein weiterer beruhigender Atemzug. „Du würdest ihn bitten, sein ihm vertrautes Leben hinter sich zu lassen, *alles* auf ein neues Leben mit uns zu setzen... wo er uns doch erst seit so kurzer Zeit kennt. Hierherzuziehen, mit uns neu anzufangen..." Michael hielt kurz inne. „Und was ist mit uns?"

Julian runzelte die Stirn. „Was meinst du?"

„Denk mal drüber nach, wie wir leben, die Männer, die in unserem Leben ein und ausgehen... Wenn aus zweien drei werden, was dann? Wirst du weitermachen wie bisher? Erwartest du, dass Jim mitmacht? Was ist, wenn das nicht seinem Naturell entspricht? Was ist, wenn er Monogamie erwartet?"

Die Stille wurde nur vom Geräusch ihrer flachen, unregelmäßigen Atemzüge unterbrochen.

Julian ergriff Michaels Hände. „Lässt du mich ausreden? Ich denke nämlich schon eine ganze Weile darüber nach. Was wäre, wenn...?" Er stieß zittrig den Atem aus, dann sah er Michael in die Augen. „Ich habe dich vor einer Weile gefragt, ob du es bereust, hierhergekommen zu sein. Du hast das verneint. Dann habe ich dich gefragt, ob du das Gefühl hast, dass wir vor der Situation mit Kristofer weggelaufen sind. Deine Antwort war, dass wir hierhergekommen sind, um unsere Wunden zu lecken und ihn zu vergessen. Aber was ist, wenn die Art und Weise, wie wir hier leben, unsere Reaktion auf seinen Verlust ist?"

„Was meinst du damit?"

„Ist es möglich, dass... wir mit all diesen Kerlen spielen, weil wir *ihn* nicht haben können? Ich weiß, du hast gesagt, du wärst glücklich, wenn es für den Rest unseres Lebens nur wir beide wären, aber... Was ist, wenn es in unserem Leben eine Lücke gibt, die er durch sein Weggehen hinterlassen hat, und wir haben sie einfach nur gefüllt, ohne ihre Existenz wirklich anzuerkennen?" Julians Augen waren riesig. „Was, wenn Jim... uns vervollständigt? Nicht, dass ich damit sagen will, dass wir das nicht sind, okay?" Er hob seinen Blick zum Himmel. „Mein Gott, ich vermassele es total."

Michael drückte seine Hände. „Nein, tust du nicht. Wir

waren all die Jahre glücklich miteinander. Ich werde *nie* aufhören, dich zu lieben, hörst du? Ja, ich habe Kristofer geliebt. Und ja, ich glaube, ich liebe auch Jim. Aber das Wichtigste ist, du liebst ihn ebenfalls. Das sagt mir, dass du es nicht vermasselst. Wir sind auf derselben Seite – auch wenn ich derjenige bin, dem es schwerfällt, in einer Situation, die keinen Sinn ergibt, vernünftig und logisch zu sein."

„Und was bedeutet das jetzt?"

Michael ließ seine Hand los und strich über Julians Wange, seine Fingerspitzen wanderten von der weichen Haut zum drahtigen Bart. „Es bedeutet, dass wir ihm sagen, was wir fühlen... Und dann sehen wir weiter. Das ist ein Gespräch, das wir nicht planen können."

„Heute Abend?"

Michael starrte ihn an. „Es ist Silvester."

„Und? Gibt es einen besseren Zeitpunkt für diese Art von Gespräch?" Julians Augen leuchteten. „Ich will nicht warten. Du etwa?"

Michael seufzte. „Nein, will ich nicht." Er holte sein Handy heraus und hielt dann inne. „Was in aller Welt soll ich ihm sagen? Er hat bereits gesagt, dass er um Mitternacht hier sein wird."

„Lade ihn zum Abendessen ein. Das wird er nicht ablehnen."

Michael nickte, und seine Daumen flogen über den Bildschirm. Sekunden später kam Jims Antwort. „Er möchte wissen, wann."

„Sag ihm, er soll um sechs zum Cocktail kommen. Wir werden erst essen... Und dann sehen wir, wie es läuft."

Julian biss sich auf die Lippe. „Dir ist schon klar, dass ich bis dahin auf glühenden Kohlen sitzen werde?"

Michael küsste ihn. „Oh ja. Mein Magen wird genauso Purzelbäume schlagen wie deiner." Er schickte Jim die

Nachricht, dann legte er sein Handy auf den Tisch.

Michaels Magen war in Aufruhr. Es gab nur zwei Möglichkeiten: Jim sagte Ja, und alles änderte sich, oder Jim sagte Nein – und trotzdem änderte sich alles, weil sie ihn verlieren würden.

Ich will ihn nicht verlieren.

Michael hatte noch nie in seinem Leben so große Angst gehabt.

Kapitel 16

Jim knöpfte sein Hemd zu und starrte sein Spiegelbild an. *Wann habe ich das letzte Mal Silvester gefeiert?* Normalerweise ging er lange vor Mitternacht ins Bett. Feiern waren für diejenigen, die jemanden hatten, mit dem sie feiern konnten, und Jim hatte niemanden.

Nun, dieses Jahr hast du jemanden.

Der Gedanke brachte ihn zum Lächeln.

Sein Handy piepte, und er griff in Erwartung einer weiteren Nachricht von Michael danach. Als er Valeries Namen sah, erstarrte er.

Hast du Zeit? Können wir reden?

Er drückte auf *Anrufen.* „Ich habe immer Zeit für dich."

„Ich habe mich nur gefragt, was du heute Abend machst. Ich hatte eine Vorstellung wie du mitten im Wald, von Bären umgeben, das neue Jahr begrüßt."

Er verschluckte sich fast, bis ihm aufging, dass sie wahrscheinlich die pelzigere Art Bär gemeint hatte. Dann grinste er. *Oh, ich weiß nicht. Sie sind beide ziemlich pelzig.*

„Jim? Bist du noch da?"

„Ja, tut mir leid. Ich war einen Moment mit den Gedanken woanders. Ich werde heute Abend nicht allein sein. Die Besitzer der Hütte haben mich eingeladen, mit ihnen zu feiern."

„Oh, gut." Eine Pause. „Also... Wie läuft es mit dem Rückzug? Noch eine Woche, dann geht es zurück in die Zivilisation."

Jims Brust zog sich zusammen. Es war weniger die Rückkehr in die Zivilisation, die er fürchtete, sondern wen er zurücklassen würde. „Bis jetzt ist es wirklich gut gelaufen." Wenn auch ganz anders, als er erwartet hatte. Er hatte erwartet, Einsamkeit und Inspiration zu finden, und das hatte er auch, aber das Letzte, was er sich erträumt hatte, war–

Wie zum Teufel soll ich das nennen? Zuneigung? Anziehungskraft? Begierde?

Aber es war mehr als das, und er wusste es.

„Und? Spann mich nicht auf die Folter. Schreibst du?"

Jim hatte nicht vorgehabt, es ihr zu sagen, bevor er wieder zu Hause war, aber da sie fragte...

„Ich weiß noch nicht, was ich damit machen will, aber–"

„Es veröffentlichen, hoffe ich." Sie lachte leise.

„Ja, aber... Ich bin mir nicht sicher, bei wem. Es ist anders als das, was ich üblicherweise schreibe."

Wieder eine Pause. „Jim, ich bin gespannt wie ein Flitzebogen. Um Himmels willen, sag's mir."

Er holte tief Luft. „Es ist eher eine... Liebesgeschichte."

Ein hörbares Schnappen nach Luft. „Ernsthaft?"

„Oh, es kommt noch schlimmer. Eine schwule Liebesgeschichte."

Totenstille.

Oh Gott. Sie hasst die Idee.

„Okay, es ist kein Groschenroman oder etwas in der Art", fügte er schnell hinzu. „Es ist einfach die Geschichte von zwei Männern. Wie sie sich kennenlernen, was sie zusammenführt, was sie zu trennen droht... Und ich habe ernsthaft darüber nachgedacht, es selbst zu veröffentlichen, weil ich mir nicht vorstellen kann, dass mein Verleger sich darauf einlässt."

„Kennst du den Hashtag Own Voices? Blöde Frage, natürlich kennst du den. Du schreibst über zwei schwule Detektive, die ein Paar sind. Hast du eine Ahnung, wie groß der Markt für Liebesromane ist? Jeder Verleger, der Liebesromane publiziert, würde die Chance ergreifen, einen Own-Voices-Autor zu haben."

Ihm wurde langsam bewusst, was sie gesagt hatte. „Moment mal. Du weißt, dass ich schwul bin? Ich habe *nie* erwähnt, dass ich schwul bin."

Schweigen.

„Valerie?" Scheiße, wusste sein *Verleger* Bescheid?

Sie seufzte. „Okay, ich hatte irgendwie so ein... Gefühl. Komm schon, ich kenne dich seit einem Jahrzehnt, Jim. Ich bin schon fast eine Art Ersatzmutter. Ich habe nicht nachgefragt, weil du offensichtlich nicht darüber sprechen wolltest, aber dies hier... Und bevor du fragst, ich habe niemandem von meinem Verdacht erzählt."

Er atmete ein wenig leichter.

„Würdest du unter demselben Pseudonym veröffentlichen wollen? Oder unter deinem eigenen Namen?"

Jim lachte. „Wow. Es ist noch nicht einmal fertig."

„Und ich bin schon ganz aufgeregt. Ich will lesen, was du bis jetzt geschrieben hast."

„Du *weißt*, dass ich das hasse. Du kriegst es, wenn es fertig ist, und nicht vorher."

Valerie stieß einen freudigen Laut aus. „Oh, das hört sich gut an. Komm mich besuchen, wenn du wieder in San Francisco bist, dann können wir weiterreden."

Jim gluckste. „Ein frohes neues Jahr, wenn es soweit ist."

„Dir auch. Schreib weiter!"

Er legte auf. *Tja, ich schätze, ich habe Valerie den Tag versüßt.* Der Abend lag vor ihm, und er brannte vor Ungeduld. Er erwartete nicht mehr als eine Nacht in guter Gesellschaft, vielleicht einen Kuss oder zwei um Mitternacht.

Ja, klar. Denke ich wirklich, dass sie mich nach Mitternacht in meine Hütte zurückschicken werden? Es wäre das erste Mal seit fast zwei Wochen.

Er fragte sich, was Michael und Julian von seinem neuen Buch halten würden. Beide Charaktere waren von ihrer Vergangenheit gezeichnet, und Michael und Julian hatten ebenfalls einige Narben. *Macht sie das attraktiver?* Auf jeden Fall weckte es in ihm den Wunsch, beide in die Arme zu schließen und zu halten.

Sein Telefon piepste erneut, und diesmal war es Michael.

Komm, wenn du soweit bist.

Jim lächelte. *Scheint, als wäre ich nicht der Einzige, der sich auf heute Abend freut.* Er hatte vor, das Beste aus seiner letzten Woche zu machen und sich jede kostbare Sekunde ganz genau einzuprägen.

Ich will sie so lange wie möglich festhalten.

Jim schob seinen Teller mit einem Seufzer weg. „Das war lecker."

„Hey, es war doch nur Schmorbraten", sagte Julian und winkte bescheiden ab.

„Ja, aber ich habe eine Schwäche für einen guten Schmorbraten. Wir reden hier über den Weg zum Herzen dieses Mannes." Seine heitere Bemerkung verfehlte ihren Zweck: Es lag immer noch Spannung in der Luft. Sie war in dem Moment spürbar gewesen, als Jim über die Schwelle getreten war. Nichts Offensichtliches, nur das

Gefühl, dass etwas unter der Oberfläche brodelte. Michaels Lächeln geriet ständig ins Wanken. Julian war ruhiger, weniger lebhaft. Als sie sich während des Essens nicht auflöste, kam er zu dem Schluss, dass er in einen Streit hineingeplatzt war, der seinen Höhepunkt noch nicht erreicht hatte. Warum sonst vermieden sie den direkten Blickkontakt zueinander?

Sie brauchen mich jetzt nicht in ihrer Nähe. Sie brauchen Freiraum.

Jim legte seufzend seine Serviette hin. „Hört mal, ich sollte gehen."

Zwei Augenpaare richteten sich unübersehbar erschrocken auf ihn.

„Geh nicht", platzte Julian heraus. „Bitte. Wir möchten, dass du bleibst."

„Wir wollten einen Film ansehen", fügte Michael hinzu. „Bleibst du?"

Einen Moment lang kam Jim der Gedanke, dass sie ihn als Puffer einsetzen wollten, und er sperrte sich innerlich dagegen. Aber sie wollten ihn so offensichtlich dabeihaben, dass er es nicht übers Herz brachte abzulehnen.

„Welchen Film?"

„Lach nicht. Er ist wirklich alt, aber es ist sozusagen Tradition", verkündete Julian. „An unserem ersten gemeinsamen Silvester sind wir bis drei Uhr morgens aufgeblieben, haben die Probleme der Welt gelöst – und einen Film mit dem Titel *Die Marx Brothers im Krieg* angeschaut."

Jim blinzelte. „Die Marx Brothers?" Okay, das hatte er nicht erwartet.

Julian starrte ihn an. „Du bist *viel* zu jung, um überhaupt zu wissen, wer die Marx Brothers waren."

Er grinste. „Meine Großmutter hat sie geliebt. Sie hatte

diese süßen kleinen Figuren von ihnen in ihrer Vitrine." Er stieß einen dramatischen Seufzer aus. „Ihr habt *keine* Ahnung, wie enttäuscht ich war, als ich herausfand, dass Grouchos Schnurrbart nicht echt war."

Beide lachten, und Jim seufzte innerlich erleichtert auf.

Michael nickte. „Seitdem sehen wir uns jedes Jahr an Silvester einen ihrer Filme an."

Jim blickte von Michael zu Julian und ihm fiel auf, dass beide herumzappelten, Julian mit dem Fuß auf den Boden tippte und Michael unruhig auf die Wanduhr schaute.

Irgendetwas ist definitiv *im Gange.* Und er wollte wissen, was.

„Also, welcher Film ist dieses Jahr dran?"

„*Animal Crackers*." Michael warf einen vielsagenden Blick in Julians Richtung. „Seine Wahl."

Jim rang sich ein Lachen ab. „Ich hab ja *Skandal in der Oper* immer gemocht."

Michael riss die Augen auf. „Und das ist *mein* Lieblingsfilm."

„Das stimmt." Julian verdrehte die Augen. „Es war immer das Gleiche. Wir gingen essen, ich bestellte, und nach jedem Gericht, das ich nannte, fügte er hinzu: *Und zwei hart gekochte Eier.* Das hat die Kellner total verwirrt."

„Dann ist es abgemacht. Ich hole das Popcorn, Julian schenkt uns etwas zu trinken ein und wir sehen uns den Film an." Michaels Augen funkelten. „Mal schauen, wie viele Filme wir vor Mitternacht schaffen."

„Klingt nach einem Plan." Jim hatte den Verdacht, dass er ein kleines, pelziges Kissen auf dem Schoß haben würde, und hatte absolut nichts dagegen einzuwenden. Buster zierte sich auch tatsächlich nicht lange, sondern machte es sich bequem und schlief ein. In seinem Alter durfte er das. Zehn Minuten später saßen sie zu dritt auf der Couch, Jim in der Mitte, mit einer Schale Popcorn rechts und einer links von ihm. Buster schnupperte an den Schüsseln, dann legte er den Kopf wieder ab. Während der Vorspann lief, nahm sich Jim einen Moment Zeit, die Lage zu beurteilen.

Habe ich mir alles nur eingebildet?

Dann lauschte er dem Geräusch ihrer Atemzüge. Sie waren flach und unregelmäßig.

Nein, er hatte es sich nicht eingebildet.

Zehn Minuten vor Mitternacht hatten sie sich bereits drei Filme angesehen. Na ja, Jim hatte sie sich angeschaut – er hatte das Gefühl, dass Michael und Julian nur halbherzig zusahen. Julian stand von der Couch auf, um die Flasche Champagner zu öffnen, die offenbar eine weitere Tradition war. Er ließ den Korken knallen und füllte drei Flöten.

„In einem Punkt sind wir von unserer Silvestertradition abgewichen", sagte Michael zu Jim, als er ihm ein Glas reichte.

„Oh?"

Michael biss sich auf die Lippe. „Normalerweise sind wir zu diesem Zeitpunkt schon nackt. Wir beginnen das neue Jahr gerne mit einem Bums – im wahrsten Sinne des Wortes."

Jim warf ihm einen gespielt bösen Blick zu. „Hey, ich komme hier eindeutig zu kurz."

Sie lachten. Dann zeigte Julian auf den Fernseher. „Schnell, mach den Ton lauter. Es ist fast Mitternacht."

Jim gluckste. „Du weißt schon, dass das eine Aufzeichnung ist, oder? Die Leute auf dem Times Square sind wahrscheinlich schon alle im Bett."

„Hey, nimm mir meine Illusionen nicht." Die drei standen mit erhobenen Gläsern da, während die Menge den Countdown mitzählte, und Schlag Mitternacht küssten sich Michael und Julian. Jim fühlte sich ein wenig unbehaglich, bis sie ihn in einen Dreierkuss zogen, der sein Herz schneller schlagen ließ.

Vielleicht würde er also doch nicht zu kurz kommen, was ihre Tradition anging.

Als sie ihn losließen, stießen sie an, und Jim trank einen Schluck von dem wunderbar gekühlten Champagner. Er seufzte. „Nun, das ist seit Langem das erste Silvester, an dem ich nicht allein bin. Vielleicht ist es ein Vorbote des Wandels."

Michael warf Julian einen Blick zu, und die Härchen auf Jims Armen richteten sich auf.

Was ist da gerade passiert?

„Jim, setz dich bitte." Julian deutete auf die Couch.

Die Schwermut in seiner Stimme war nervenaufreibend.

Jim setzte sich mit hämmerndem Herzen. „Irgendetwas stimmt nicht. Ich habe es den ganzen Abend gespürt."

Michael und Julian flankierten ihn auf der Couch, und die Stille zwischen ihnen, verstärkte seine Angst nur noch.

„Bitte. Das bringt mich noch um. Was auch immer es ist, das ihr so angestrengt versucht, nicht auszusprechen, um Himmels willen, *spuckt es aus*."

Michael nahm seine Hand. „Wir haben es sehr genossen, dich in den letzten Wochen hier zu haben."

Er zwang sich zu atmen. „Und ich habe es genossen, hier zu sein. Ihr macht euch *keine* Vorstellung. Ihr beiden habt... Nun, ihr habt alles verändert." Die Untertreibung des Jahres – nur, dass das Jahr erst wenige Minuten alt war.

„Du hast auch uns verändert", sagte Julian leise.

Er runzelte die Stirn. „Inwiefern?" Klar, er war der neueste in einer langen Reihe von Männern, die durch ihr Leben wanderten und ihr Bett wärmten. Und doch wusste er, dass das so nicht stimmte. Michael hatte mehr oder weniger zugegeben, dass keiner der anderen eine stehende Einladung in ihr Haus erhalten hatte. Jim wusste auch, dass sie die anderen Kerle nie in ihre Studios eingeladen hatten, damit sie ihnen bei der Arbeit zusahen.

Warum also ich? Was macht mich so besonders?

Vielleicht würde er das jetzt herauszufinden.

Julian schaute ihm in die Augen. „Wenn wir im Bett sind, wir drei... dann ist da eine Verbindung."

Jim stockte der Atem.

„Aber nicht nur im Bett", fuhr Michael fort, sein Gesicht so ernst wie das von Julian, sein Blick so unbeirrt.

Oh Fuck.

„Und wir möchten dich fragen... ob du es auch gespürt hast." Julian schluckte. „Denn wenn ja..."

Jims Herz hämmerte.

Julian grummelte leise. „Scheiß auf diesen Eiertanz. Jim... Wir sind dabei, uns in dich zu verlieben. Und wir hoffen sehr, dass du dich auch in uns verliebst. Und wir möchten, dass du hier lebst. Zieh bei uns ein. Werde Teil unseres Lebens."

Großer Gott.

Michael verdrehte die Augen. „Tja, das war ungefähr so subtil wie ein Zugunglück." Er verstärkte seinen Griff um Jims Hand. „Okay, jedes Wort, das er gesagt hat, ist wahr. Du bist ein ganz besonderer Mann, Jim Traynor, und wir wollen dich nicht verlieren. Ich weiß, dass das wenig Sinn macht, da wir dich noch nicht einmal einen Monat lang kennen, aber—"

„Wir mussten etwas sagen." Julian umfasste Jims Kinn und drehte seinen Kopf, sodass er Julians ernstem Blick begegnete. „Wie Michael schon sagte, wir wollen dich nicht verlieren. Wir *brauchen* dich, mehr als du dir vorstellen kannst."

Oh Gott. Plötzlich verstand er, woher das kam.

„Ich bin *kein* Ersatz für Kristofer, klar?" Sobald die Worte seine Lippen verließen, wusste Jim, dass er sie falsch verstanden hatte. Ihre entsetzten Mienen...

„Verdammt, nein." Michael warf ihm einen gequälten Blick zu. „Das denken wir auch nicht, ich verspreche es. Und wir würden das auch nicht *wollen*."

„Interpretieren wir die ganze Situation falsch?", wollte Julian wissen. „Sieh mich an und sag mir, dass du nichts für uns empfindest."

Das konnte er nicht. Das würde ihn zum größten Lügner dieses Planeten machen.

Jim bemühte sich, ruhig zu bleiben. „Mein Gott, ihr beiden, lasst mich erst mal durchatmen. Ihr habt gerade so richtig Gas gegeben und in nur zwei bis drei Sekunden von null auf hundert Meilen pro Stunde beschleunigt."

Hierherziehen? Mit ihnen zusammenleben? Meinen sie das ernst? Ein Blick in ihre Gesichter verriet ihm die Wahrheit. *Sie wollen das wirklich.*

„Was wartet in San Francisco denn schon auf dich?" Julians Stimme hatte ihre Schärfe verloren. „Du hast dort keine Familie, oder? Es gibt nur dich. Und schreiben kannst du überall."

„Ich bin sicher, wir können dir ein Dutzend Gründe aufzählen, warum du bleiben solltest." Michael holte tief Luft. „Aber wenn es nicht das ist, was du willst..."

Jim registrierte Julians Eindringlichkeit, Michaels wachsamen Blick... Seine Brust war so verflucht eng, und sein Herz fühlte sich an, als würde es gleich explodieren.

Was ihn am meisten aus der Fassung brachte, war die Geschwindigkeit, mit der alles passierte.

Jim atmete zittrig aus. „Leute... Ich muss zurück in die Hütte." Er musste hier raus. Er brauchte Raum zum Atmen, zum Nachdenken.

„Jetzt?" Gott, der Schmerz in Julians Augen...

„Nein, Jim hat recht." Michael, die Stimme der Vernunft. Er legte eine Hand auf Jims Arm. „Wir haben schließlich gerade eine Bombe platzen lassen. Geh zurück in die Hütte. Denk drüber nach."

Jim stand auf. „Danke." Gott, er zitterte.

„Solange dir klar ist..." Julian hob den Kopf und sah ihm in die Augen. „Wir werden es uns bis morgen früh nicht anders überlegt haben."

„Julian...", sagte Michael leise.

Jim eilte zur Haustür und nahm seine Jacke vom Haken. Er schlang sich den Schal um den Hals, schob die Füße in die Stiefel und drehte sich dann zu ihnen um. „Ich brauche einfach Zeit, okay?"

Michael nickte. „Das verstehen wir."

Jim war froh, dass irgendjemand irgendetwas verstand, denn in seinem Kopf drehte sich alles.

Er ging hinaus in die kalte Nachtluft und schaute absichtlich nicht zum Haus zurück, als er an den Fenstern vorbeiging. Er konnte in Gegenwart von Michael und Julian nicht denken. Sie verwirrten ihn. Sie brachten seine logischen Schaltkreise durcheinander.

Wir brauchen dich, mehr als du dir vorstellen kannst.

Der Druck, den eine einfache Aussage beinhaltete...

Ich kann unmöglich so ausschlaggebend für ihr Glück sein. Das ist einfach unmöglich.

Was, wenn ich nicht das sein kann, *was sie brauchen?*

Mein Gott, ich hatte noch nie eine Beziehung.

Dieser letzte Gedanke ließ ihn mitten auf dem schneebedeckten Weg stehen bleiben, und er fröstelte. *Du Idiot. Du bist gerade in einer Beziehung. Wie nennst du das, was in den letzten Wochen passiert ist, wenn nicht eine Beziehung?*

Aber es bestand ein riesiger Unterschied zwischen dem, was zwischen ihnen war, und dem, was Michael und Julian vorschlugen.

Es gibt einen Grund, warum ich mich nie auf jemanden

eingelassen habe. Warum ich diese ganzen emotionalen Verstrickungen nie wollte. Sie zehren an den Menschen. Sie rauben Energie. Sie nehmen Zeit in Anspruch.

Er schluckte. *Und es tut weh, wenn es schiefgeht.*

Nicht, dass er diesen Schmerz jemals erlebt hätte. Er hatte sein Bestes getan, um genau diesem Dilemma aus dem Weg zu gehen. Er hatte sich von Menschen ferngehalten, von Beziehungen – der Liebe...

Und doch hatte sich die Liebe an ihn herangeschlichen und ihm einen Schlag versetzt, der ihm die Luft aus den Lungen trieb, seinen Kopf schwirren und sein Herz schmerzen ließ.

Gott, ich kann nicht klar denken.

Jim nahm sein schnelles Tempo wieder auf, brachte Distanz zwischen sich und die beiden Männer, die gerade das Mutigste getan hatten, was er je erlebt hatte. Sie waren ein enormes Risiko eingegangen.

Bin ich bereit, einen ebenso großen Sprung ins Ungewisse zu wagen?

Jim wusste es nicht.

Um fünf Uhr morgens hatte Julian vielleicht eine Stunde geschlafen. Michael hatte sich neben ihm hin und her gewälzt, und als er sich im Bett aufsetzte, einen Bademantel anzog und erklärte, er würde aufstehen, gab Julian ebenfalls alle Hoffnung auf Schlaf auf.

„Ich auch. Ich mache Kaffee."

Er ging in die Küche. Das Geschirr vom Vorabend stand immer noch da, denn er war nicht motiviert genug gewesen, es in die Spülmaschine zu räumen. Michael holte die Tüte mit den Bagels aus dem Schrank und nahm ein paar davon heraus.

Julian war sich nicht sicher, ob er etwas essen konnte. Seine Kehle fühlte sich wie zugeschnürt an.

„Denkst du, er schläft?"

„Das bezweifle ich. Er ist wahrscheinlich genauso angespannt wie wir." Michael seufzte. „Und jetzt frage ich mich, ob wir einen Fehler gemacht haben, als wir so damit herausgeplatzt sind, wie wir es getan haben."

Julian hatte den gleichen Gedanken gehabt. „Es ist alles meine Schuld. Ich hätte nicht Volldampf voraus loslegen sollen." Er löffelte den Kaffee in den Filter. „Gott, sein Gesicht... Vielleicht hätten wir alles so lassen sollen, wie es war, bis zum Ende seines Aufenthalts warten sollen, bevor wir ihn damit überfallen." Jetzt blieb ihnen eine Woche bis zu seiner Abreise. *Haben wir es jetzt wirklich in den Sand gesetzt?*

Julian musste es wissen.

Er schnappte sich den Notizblock von dem Haken neben dem Kühlschrank und nahm den Stift aus der Halterung.

„Was machst du da?", fragte Michael, während er Frischkäse auf den aufgeschnittenen Bagels verteilte.

„Ich schreibe Jim eine Nachricht, die du ihm unter der Tür durchschieben wirst", verkündete er entschlossen.

Michael hielt inne. „Was willst du denn schreiben? Lass ihm etwas Freiraum, Baby. Er sagte, er braucht Zeit."

„Und die gebe ich ihm auch. Ich gebe ihm außerdem die Option, heute mit uns zu Mittag zu essen." Julian hielt die Nachricht kurz und bündig. Er faltete sie zusammen und streckte sie Michael entgegen, der ihn mit hochgezogenen Augenbrauen ansah.

„Wie jetzt – kann das nicht warten, bis wir gegessen haben? Oder Kaffee getrunken?"

„Nein, kann es nicht." Julian starrte zurück. „Bitte, Michael. Ich muss irgendwas tun."

Michaels Schultern sackten herunter. „Ich weiß. Mir geht's genauso." Er warf einen Blick auf seinen Bademantel. „Darf ich mir erst etwas anziehen? Ich nehme Buster mit."

Julian küsste ihn. „Danke." Er wendete sich wieder der Kaffeemaschine zu.

Fünf Minuten später hörte er, wie die Haustür ins Schloss fiel, und atmete ein wenig leichter. Die Nachricht enthielt nicht viel, nur eine Einladung zum Mittagessen, aber am Ende hatte Julian geschrieben:

Es tut mir leid. Ich weiß, wir haben dich überrumpelt, aber bitte nimm es uns nicht übel.

Julian

Sein Magen knurrte. *Haben wir es so vermasselt, dass nichts mehr zu retten ist?*

Gott, er hoffte nicht.

Zehn Minuten später klingelte sein Handy. Als er Michaels Namen sah, legte sich ein Band des Unbehagens um sein Herz und zog sich zusammen. „Was ist los?", fragte er, sobald die Verbindung hergestellt war.

„Jim ist nicht da."

„Was meinst du damit? Macht er einen Spaziergang?"

„Ich meine, er ist weg. Die Hütte ist leer und sein Auto steht nicht an seinem Platz. Er muss irgendwann in der Nacht abgefahren sein" Eine Pause. „Warte mal kurz. Er hat uns eine Nachricht hinterlassen."

Sein Herz bebte. „Was steht drauf?"

Michaels Stimme zitterte. „Michael und Julian, bitte nehmt es mir nicht übel, dass ich, ohne euch Bescheid zu sagen, abgefahren bin. Ich denke, ich verstehe, was es euch gekostet hat, mir eure Gefühle einzugestehen, aber ich brauche Zeit, um mir über mich/uns/das Ganze klar zu werden. Jim."

„Er hat *uns* geschrieben?" Julian klammerte sich an das eine Wort, das einen Hoffnungsschimmer verhieß. Denn Gott wusste, dass er den in diesem Moment brauchte.

„Oh Mann, was für ein Schlamassel."

Julian atmete tief durch. „Komm nach Hause. Wir können jetzt nur warten."

Kapitel 17

Jim nippte an seinem Eiskaffee mit Lebkuchengeschmack und genoss dessen Süße und cremige Konsistenz. Draußen war es viel zu kalt für Eiskaffee, aber im *Philz* war die Temperatur perfekt. Er saß an dem großen Holztisch, hatte sein Handy und seinen Laptop an den Steckdosen angeschlossen und blickte durch das Fenster auf das geschäftige Treiben in der Innenstadt von San Francisco.

Ich hab das nicht vermisst.

Zwei Wochen waren vergangen, seit er aus Yosemite zurückgekehrt war, und Jim hatte in der Zeit genug Verkehr gesehen – und gehört –, dass es ein Leben lang reichte.

Warum bin ich dann hierhergekommen? Um Himmels willen, da draußen ist Rushhour.

Aber er wusste, warum, und es hatte nichts mit seinem Treffen mit Valerie zu tun.

Und wenn man vom Teufel spricht...

Valerie lächelte ihn durch die Scheibe an und eilte dann hinein. Jim stand auf, um sie zu umarmen. „Was möchtest du trinken? Ich kann dir den Tesoro empfehlen. Der schmeckt toll."

Sie gluckste. „Wenn es Kaffee ist, bin ich schon überzeugt, aber setz dich. Ich hole ihn mir." Sie warf einen Blick auf die Theke mit dem Gebäck. „Da ist auch ein Muffin mit meinem Namen drauf. Willst du auch einen?"

Er wollte schon ablehnen, überlegte es sich dann aber anders. „Ja, warum nicht?"

Valerie blinzelte. „Ich hab dich gefragt, weil ich das immer mache, aber du lehnst jedes Mal ab. Wer bist du, und was hast du mit Jim Traynor gemacht?" Ihre Augen funkelten.

Er gab ihr einen spielerischen Schubs in Richtung Theke. „Hol dir deinen Kaffee." Dann nahm wieder Platz. Der Tisch war nicht so voll wie sonst – es gab Zeiten, in denen sich acht bis zehn Leute darum drängten und auf Handys oder Laptops starrten. Jim war in den letzten zwei Wochen jeden Tag hier gewesen, mit nur einem Ziel.

Ich will mich hieran erinnern.

Er sagte sich, dass er noch keine Entscheidung getroffen hatte. Sein Leben fühlte sich an, als läge es auf Eis. Er hatte kein einziges Wort geschrieben. Als Valerie ein paar Tage nach Neujahr angerufen hatte, um sich nach seinen Fortschritten zu erkundigen, hatte er ihr klipp und klar gesagt, dass er sich nicht sicher war, ob er das Buch fertigschreiben konnte oder ob es das überhaupt wert war. Dann hatte er aufgelegt.

Als würde sie das abschrecken. Sie hatte ihm eine E-Mail mit einer Forderung geschickt, ihr zu schicken, was er bisher geschrieben hatte, damit sie es lesen konnte, und ihm mitgeteilt, dass sie den Wert oder die Wertlosigkeit des Buches schon selbst beurteilen würde. Nach drei E-Mails hatte Jim das Handtuch geworfen und ihr das Manuskript zugeschickt.

Seitdem hatte Funkstille geherrscht, und das machte ihm eine Heidenangst.

Ihr Anruf an diesem Morgen und ihre Bitte, sie auf einen Kaffee zu treffen, hatte sein Herz wie wild schlagen lassen, aber er hatte zugesagt. Jetzt war sie hier, und jemand spielte in seiner Brust militärische Trommelwirbel.

Valerie setzte sich auf den freien Stuhl ihm gegenüber und legte die beiden Muffins auf Servietten zwischen ihnen ab. „Ich habe einen mit Blaubeeren und einen mit Himbeeren und weißer Schokolade." Sie kniff die Augen zusammen. „Nimm Letzteren, und du bist ein toter Mann."

Jim lachte und zog den Blaubeer-Muffin zu sich heran.

Valerie sah sich um. „Sag mir noch einmal, warum wir hier sind."

„Hier im Café?" Sie nickte. „Bezeichne es als Therapie. Negative Verstärkung. Was auch immer."

Sie runzelte die Stirn. „Versteh ich nicht."

Jim war sich nicht sicher, ob er selbst es verstand.

Valerie ignorierte ihren Muffin, stützte die Ellbogen auf den Tisch und legte ihr Kinn auf die ineinander verschränkten Finger. „Wir müssen über dieses Buch reden."

Er schluckte, dann zog er die Augenbrauen hoch. „Ist das nicht der Grund für unser Treffen?"

„Ich habe ein paar Nachforschungen angestellt. Ich weiß, dass du darüber nachgedacht hast, es selbst herauszubringen, aber es gibt eine Möglichkeit, die du meiner Meinung nach in Betracht ziehen solltest. Ich habe einen neugegründeten Verlag gefunden, der einen Blick wert ist. Sie bitten um Einreichungen mit unterschiedlichen Charakteren, und sie haben eine LGBTQIA+-Linie." Sie lächelte. „Dein Buch wäre perfekt für sie. Du würdest gut zu ihnen passen."

Er atmete tief durch. „Dann denkst du, ich sollte es beenden."

Sie nickte langsam. „Ich muss sagen... Mike und Jake..." Sie seufzte tief.

„Was ist mit ihnen?"

„Versteh mich nicht falsch. Ich habe Gary und Mick *geliebt*, aber bei ihnen ging es immer nur um den Mord, um die Suche nach Hinweisen, um die Lösung des Falles. Mike und Jake fühlten sich für mich in einem unvollendeten Manuskript... lebendiger und realer an, als das bei Gary und Mick nach unzähligen Büchern je der Fall war." Sie sah ihm in die Augen. „Und ich will wissen, warum."

„Was meinst du?" Dieser eine Satz hatte eine Horde wütender Schmetterlinge in seinem Magen aufgescheucht.

„Es sind erstaunliche Charaktere. Sie sind vollständig ausgearbeitet. Mensch, ich möchte sie kennenlernen, sie *umarmen*. Und sie sind ganz anders als alle Figuren, die du je geschrieben hast. Darum muss ich fragen..." Sie hatte den Blickkontakt nicht unterbrochen. „Basieren sie auf realen Personen?"

Jim starrte sie an, sein Magen war in Aufruhr.

Die junge Frau hinter dem Tresen rief „Tesoro, süß."

„Das ist meiner." Valerie stand auf und ging zur Theke, um ihren Kaffee zu holen.

Er atmete mehrmals tief durch und versuchte, sich zu beruhigen. Als sie wieder Platz genommen hatte, hatte er sich entschieden.

„Ich muss dir von Yosemite erzählen", sagte er leise.

Valerie hielt kurz inne. „Nur, wenn du willst." Als er ihr einen fragenden Blick zuwarf, zuckte sie mit den Schultern. „Ich weiß, dass da irgendwas passiert ist. Das Manuskript war der Beweis dafür."

Er fing ganz von vorne an, bei Busters willkommenem Eindringen, und erzählte ihr alles, bis hin zu der Nachricht, die er ihnen hinterlassen hatte. Valerie hörte schweigend zu, trank ihren Kaffee und zupfte Stückchen von ihrem Muffin, während sie ihn kaum einmal aus den Augen ließ. Als er fertig war, sackte er geistig völlig ausgelaugt in seinem Stuhl zusammen.

Valerie atmete aus. „Wow."

Er biss sich auf die Lippe. „Das ist alles, was du dazu zu sagen hast? Wow? Meine Welt wurde gerade auf den Kopf gestellt."

„Hat sich einer von ihnen gemeldet, seit du gegangen bist?"

Jim lächelte. „Ich habe genau zwei E-Mails bekommen, und der Inhalt war bei beiden der Gleiche."

„Komm zurück?", fragte sie lächelnd.

Er schüttelte den Kopf. „Geht es dir gut?"

„Hast du geantwortet?"

„Ich hab ihnen gesagt, dass es mir gut geht."

„Und dabei haben sie es belassen? Dann lassen sie dir wirklich Freiraum, um zu einer Entscheidung zu kommen." Valerie legte den Kopf schräg. „Und bist du das?"

Seine Kehle schnürte sich zu, und er konnte nicht antworten.

Valerie stützte das Kinn wieder auf die Hände. „Möchtest du *meine* Meinung dazu hören?"

„Ich dachte, du würdest sie mir so oder so mitteilen, ob ich sie nun hören will oder nicht."

Sie strahlte. „Du kennst mich *so* gut." Sie trank noch einen Schluck Kaffee. „Okay. Ganz praktisch gesehen hat Julian den Nagel auf den Kopf getroffen. Du kannst überall arbeiten. Alles, was du brauchst, sind Internet und der hier." Sie deutete auf seinen Laptop. „Hast du irgendwas geschrieben, seit du nach Hause gekommen bist?"

Er schüttelte den Kopf.

„Und das ist eine wunderbare Überleitung zu meinem nächsten Punkt. San Francisco ist nicht dein Zuhause – es ist der Ort, an dem du zufällig lebst. Ich glaube nicht, dass du irgendwelche emotionalen Bindungen an die Stadt hast." Wieder neigte sie den Kopf zur Seite. „Täusche ich mich?"

„Nein, tust du nicht."

„Hat dir Yosemite gefallen?"

Er seufzte. „Hat es mir da gefallen trifft es nicht ganz. Hab ich es geliebt? Ja."

Sie nickte. „Was mich zu deinen Männern bringt."

Er blinzelte. „*Meinen* Männern?"

„Ja, deinen. In deinem Buch dreht sich alles um sie, und leugne es nicht. Also zwei umwerfende Männer – sie *sind* umwerfend, oder?"

Er gluckste. „Wenn du auf Bären stehst, dann ja, sie sind..." Er schluckte. „Wunderschön."

Valerie ergriff über den Tisch hinweg seine Hand, drückte sie und ließ sie nicht wieder los. „Also... Zwei hinreißende Männer sagen dir, dass sie dabei sind, sich in dich zu verlieben, und bitten dich, mit ihnen an einem Ort zu leben, den du liebst und der dich offensichtlich inspiriert..." Ihre Augen funkelten. „Sag mir, was mir hier entgeht. Denn für *mich* klingt das alles sehr idyllisch."

„Das ist es wohl auch, aber es steckt mehr dahinter."

Sie packte seine Hand fester. „Dann sag es mir. Was hindert dich daran, deinen ganzen Besitz in dein Auto zu packen und – wie viele Stunden – zu fahren?"

„Vier, so ungefähr."

Sie nickte. „Okay, vier Stunden zu fahren, um vor ihrer Haustür anzukommen, sie in die Arme zu nehmen und zu sagen: Ich gehöre euch?" Sie verengte ihren Blick. „Und erzähl mir *nicht*, dass du Angst hast, nur ein Ersatz für diesen Kristofer zu sein. Michael hat das widerlegt. Das haben sie beide."

„Ich habe einfach nur Angst." Todesangst kam der Sache wohl näher.

„Wovor?" Valeries Griff um seine Hand wurde sanfter, ebenso wie ihre Stimme. „Sag mir, wovor du solche Angst hast."

„Ich könnte sie verletzen."

Sie blinzelte. „Wie?"

„Sie sagen, sie brauchen mich. Das ist eine Menge Druck. Was, wenn... Was, wenn ich nicht das sein kann, was sie brauchen? Was, wenn es nicht klappt und ich gehen muss?"

Valerie seufzte. „Lassen wir das *Was-wäre-wenn* erstmal außen vor." Sie trank einen Schluck. „Du musst die Sache offenen Auges angehen, *im Wissen*, dass es vielleicht nicht ewig hält." Sie sah ihm in die Augen. „Aber das könnte es. Ja, Menschen ändern sich, und nichts ist von Dauer, aber... ist es das Risiko nicht wert? Meinst du nicht, du würdest es bereuen, es *nicht* versucht zu haben?" Sie lächelte. „Wie sagt man so schön? *Es ist besser, geliebt und verloren zu haben...*"

„Und genau das ist der Punkt. Ich habe noch nie jemanden geliebt. Ich habe noch nie jemanden verloren."

„Dann hast du vielleicht nicht wirklich gelebt – du hast einfach nur existiert."

Das ließ ihn innehalten.

„Und noch etwas. Sie sind schon sehr lange zusammen, und doch sind ihre Gefühle für dich so stark, dass sie dich in ihr Leben einladen. Sie müssen wissen, dass es im Leben keine Garantien gibt, aber sie sind bereit, das Risiko einzugehen."

„Ja, aber..." Jim holte tief Luft. „Werden sie erwarten, dass ihr Leben so weitergeht, wie es jetzt ist? Männer in ihr Bett einladen, wenn sie einen Funken Verlangen verspüren?"

„Das fragst du mich? Woher zum Teufel soll ich das wissen? Sie sind die Einzigen, die das beantworten können, und ja, darüber müsstet ihr reden." Valeries Augen leuchteten. „Was ist, wenn sie sich Männer ins Bett geholt haben, um eine Lücke in ihrem Leben zu füllen, von der sie nicht einmal wissen, dass es sie gibt – eine

Lücke, in die *du* perfekt hineinpasst?"

Er hatte den gleichen Gedanken gehabt, meistens mitten in der Nacht, wenn er nicht schlafen konnte. In den letzten vierzehn Tagen hatte er nicht viel geschlafen, und er war fast am Ende seiner Kräfte.

„Eine letzte Bemerkung, und dann überlasse ich dich deinen Gedanken."

Jim hatte in letzter Zeit zu viel nachgedacht.

Valerie ließ seine Hand los und lehnte sich in ihrem Stuhl zurück. „Ich denke, du hast dich bereits entschieden – es ist dir nur noch nicht klar."

Er riss die Augen auf. „Erleuchte mich."

„Du hast mir gesagt, dass du oft hierher kommst." Als er nickte, deutete sie auf die Welt jenseits des Fensters des Cafés. „Aber du *hasst* es hier. Den Lärm, den Verkehr, die Menschenmassen... Und doch kommst du immer und immer wieder hierher. Vielleicht ist es eine unbewusste Entscheidung. Aber ich glaube, ich kenne den Grund."

Das Atmen fiel ihm schwer, und so konzentrierte er sich auf sie und wartete auf die Bestätigung seiner eigenen Vermutungen.

„Ich denke, du machst Einzahlungen auf eine Art Konto der schlechten Erinnerungen. Du setzt dich negativen Erlebnissen aus, nicht, weil du Masochist bist, sondern weil du später einmal etwas von diesem Konto abheben wirst. Du wirst dich an alles erinnern, was du zurückgelassen hast – als du nach Yosemite gezogen bist."

Ihm stockte der Atem. „Scheiße", sagte er leise.

Sie starrte ihn an. „In der ganzen Zeit, in der wir uns unterhalten haben, hast du mir eines nicht gesagt."

Sein Herz raste.

Valerie hob den Kopf und begegnete seinem Blick. „Bist *du* in die beiden verliebt?"

„Woher soll ich das wissen? Ich habe noch nie jemanden

geliebt, schon vergessen?" Aber damit wich er ihrer Frage nur aus, und das war ihm auch bewusst.

Valerie wandte den Blick nicht ab. „Bringen sie deinen Puls zum Rasen, dein Herz zum Hämmern? Werden dir in ihrer Gegenwart die Knie weich? Hast du ein flaues Gefühl im Magen, wenn du nicht bei ihnen bist, ein Gefühl der Leere? Musst du lächeln, wenn du an sie denkst? Und sag mir nicht, du weißt nicht, was Liebe ist, denn sie durchdringt das ganze Buch, das du noch nicht beendet hast. Wie hättest du es sonst schreiben können? Nur, weil du über dich selbst schreibst, du Idiot."

Seine Kehle zog sich zusammen.

Valerie schenkte ihm ein wissendes Lächeln. „Ich liebe es, recht zu haben. Also hör mir zu, Jim Traynor. Geh zurück in deine winzige, mietpreisgebundene Wohnung, such alle Kisten zusammen, die du in die Finger kriegst – ich habe den ganzen Dachboden voll, falls du mehr brauchst – und pack alles ein, was dir etwas bedeutet. Den Rest wirfst du in einen Müllcontainer oder gibst ihn bei *Goodwill* oder einem anderen Sozialkaufhaus ab. Dann füll dir eine Thermoskanne mit Kaffee, kauf dir eine Ladung Snacks und dann..." Sie grinste. „Mach dich auf die Socken und lass dich nicht mehr hier blicken, wie Ray Charles so schön gesungen hat."

Er lachte, überwältigt von einem plötzlichen Ansturm von Leichtsinn. „So einfach ist das, hm?"

„Ja, wenn du es willst, ist es das." Sie grinste und stand auf. „Ich gehe jetzt. Ruf mich an, wenn du das Buch fertig hast – und schick mir eine Postkarte aus Yosemite." Sie ging um den Tisch herum, beugte sich hinunter und küsste ihn auf die Wange. „Werde glücklich", flüsterte sie. Und damit richtete sie sich auf, zog ihren Mantel fest um sich und ging hinaus in den kalten Januarwind.

Jim starrte mit heftig klopfendem Herzen auf seinen

Laptop.

Kann es so einfach sein?

Es gab nur einen Weg es herauszufinden.

Michael schloss die Tür ab, dann ging er ins Wohnzimmer.

„Wo ist Buster?", rief er.

„Er liegt schon auf dem Bett."

Das war keine Überraschung. Buster hatte jede Nacht bei ihnen geschlafen, seit... Er seufzte. *Er vermisst Jim auch.* Nur, dass ihn vermissen, es nicht einmal annähernd traf. Seit zwei Wochen gab es in Michaels Brust eine Leere. Er hatte Schmerzen, aber nichts, was er als Ursache ausmachen konnte. Er war ständig müde, und was die Arbeit anging... Immerhin hatte er seine Schnitzarbeit von Jim fertiggestellt. Er konnte sie nur nicht ansehen.

Julian hingegen schien in seinem Atelier zu malen, wie verrückt, nicht, dass er Michael hineingelassen hätte. *Vielleicht ist das seine Bewältigungsstrategie.* Und wenn es Nacht wurde und sie die Bettdecke über sich zogen, hielten sie sich gegenseitig fest, wobei keiner von ihnen Jims Namen aussprach. Doch für Michael war er immer noch da. Er konnte ihn sehen, wie er auf ihrem Bett lag und Julian küsste, während Michael ihn in einem sanften, sinnlichen Tempo immer wieder in ihn eindrang und ihren Jungen liebte.

„Michael."

Er blinzelte. Er war in letzter Zeit oft mit den Gedanken woanders. „Ja?"

„Ein Auto ist gerade in die Einfahrt gefahren." Michael hörte das dumpfe Geräusch von Julians Schritten auf der Treppe, dann stürmte Julian ins Zimmer und band noch den Gürtel seines dunkelblauen Morgenmantels zu. Ein Blick in Julians Gesicht verriet ihm, wessen Auto es war, und er rannte zur Tür. Seine Finger zitterten, als er am Schloss herumfummelte. Er riss die Tür auf und trat hinaus in das grelle Licht der Sicherheitsbeleuchtung, die die gekieste Auffahrt erhellte. Julian war dicht hinter ihm, und von oben hörte Michael Busters Gebell.

Er ist wieder da. Wärme breitete sich in Michaels Körper aus, und alle Müdigkeit verflog. *Aber für wie lange?* Dann sah er sich Jims Auto genauer an und fing an zu lachen. Es war vollgestopft bis unters Dach.

Jim stieg aus und schloss die Autotür. „Hey." Er schenkte ihnen ein bezaubernd schüchternes Lächeln. „Ich hab dieses Mal keine Hütte reserviert. Ich glaube sowieso nicht, dass das alles reinpassen würde."

Weiter ließ Michael ihn nicht kommen, bevor er die Distanz zwischen ihnen schloss und Jim in die Arme nahm. Dann gesellte sich Julian zu ihnen, und drei Münder trafen sich zu einem stürmischen Kuss.

Jim bebte in ihren Armen und Michael küsste ihn auf die Stirn.

„Willkommen zu Hause."

Kapitel 18

Julian konnte es immer noch nicht glauben. Jim war *wirklich* da, saß zwischen ihnen auf der Couch, mit Buster auf dem Schoß, der nach weiteren Streicheleinheiten verlangte. „Du hast *keine* Ahnung, wie sehr ich mir das gewünscht habe. Es hat mich viel Mühe gekostet, dich nicht anzurufen..."

Jim gluckste. „Ehrlich gesagt hat mich deine Zurückhaltung überrascht."

„Aber ich wollte nicht, dass du die Zurückhaltung mit Desinteresse–"

Jim brachte ihn mit einem Finger zum Schweigen. „Hey, ist schon okay. Ich habe den Mangel an Kommunikation nicht als Zeichen dafür genommen, dass es euch egal ist. Ganz im Gegenteil. Ihr habt euer Versprechen gehalten. Ihr habt mir Zeit gegeben."

„Diese zwei Wochen waren die längsten meines Lebens", murmelte Michael. „Das Einzige, was mich bei Verstand gehalten hat, war..." Er schnappte sich sein Handy vom Couchtisch, scrollte und drückte es dann Jim in die Hand.

Jims scharfes Einatmen spiegelte das von Julian wider, als dieser das Ergebnis von Michaels Bemühungen zum ersten Mal gesehen hatte. „Oh, mein Gott..."

„Er hat so viel von dir eingefangen", sagte Julian leise und sah auf das Foto von Michaels Holzskulptur.

„Das ist atemberaubend." Jim wischte sich über die Augen. „So wunderschön."

Michael nahm ihm das Handy ab. „Das liegt daran, dass du es bist." Er legte es zurück auf den Couchtisch. „Bist du dir sicher, was uns angeht?"

Als Jim nicht sofort antwortete, ergriff Julian seine Hände. „Gibt es Dinge, die du vorher klären möchtest? Hast du irgendwelche Fragen? Ich weiß, dass wir eine Menge von dir verlangen."

„Klar, es gibt praktische Aspekte, wie zum Beispiel... Wir werden uns alle Kosten teilen, richtig?"

Michael lächelte. „Ja, können wir machen. Und was deine Arbeit angeht... Darüber habe ich viel nachgedacht, seit du gegangen bist."

„Seit ich verschwunden bin, ohne mich von euch zu verabschieden, meinst du." Jim verzog das Gesicht. „Das tut mir leid. Ich bin einfach in Panik geraten. Dieser bescheuerte Hamster in meinem Gehirn hat sich so schnell in seinem Rad bewegt, dass ich geschworen hätte, er setzt es in Brand. Ich musste weg."

Diesmal brachte Julian ihn mit einem Kuss zum Schweigen. „Du bist jetzt hier. Das ist alles, was zählt. Du bist hier... bei uns."

„Das ist eines der Dinge, die ich besprechen möchte." Jim räusperte sich. „Hört zu, ich weiß, ihr habt gesagt, es ist genug für euch, wenn ihr für den Rest eures Lebens nur einander hättet. Und die Männer, die manchmal dazukommen, sind nur das Sahnehäubchen auf dem Kuchen... Aber ich muss wissen, ob..."

Julian erkannte, worauf er hinauswollte. „Du willst wissen, ob wir immer noch Jungs in unser Bett einladen wollen." Jim nickte.

Michael seufzte. „Darüber habe ich auch schon

nachgedacht. Das haben wir beide." Er umfasste Jims Kinn und drehte sein Gesicht zu sich. „Ich glaube nicht, dass du damit glücklich wärst. Und jetzt? Ich bin mir auch nicht sicher, ob ich es noch wäre."

„Also sage ich nein. Keine weiteren Einladungen." Julians Lippen zuckten. „Aber ich werde *nicht* nie sagen, einfach, weil der Tag kommen könnte, an dem ein Kerl eine Hütte mietet und du dich zu uns umdrehst und sagst: *Wow, ist der umwerfend.*"

Jim lachte. „Damit kann ich leben."

„Kann ich euch jetzt von meiner Idee erzählen?" Michaels Stimme hatte einen wehleidigen Unterton, und sowohl Julian als auch Jim lachten. „Okay. Wusstest du, dass George Bernard Shaw eine Hütte zum Schreiben hatte, die sich drehte, sodass er der Sonne folgen konnte?"

Jim blinzelte. „Das... kam jetzt aus dem Nichts."

„Lass mich ausreden. Er hatte darin einen Schreibtisch, Strom, ein Bett, damit er ein Nickerchen machen konnte, wann immer ihm danach war... Es war seine eigene kleine Welt, in die er gegangen ist, um zu schreiben. Also habe ich nachgedacht... Hinter dem Haus ist genug Land für ein Schreibzimmer. Ich könnte es für dich bauen. So hätte jeder von uns einen Arbeitsbereich."

Jim starrte ihn an. „Du würdest dir all diese Mühe machen? Für mich?"

„Natürlich." Michael strich ihm über die Wange. „Für den Mann, den ich liebe, würde ich alles tun."

„Für den Mann, den *wir* lieben", korrigierte Julian ihn.

Jim stieß einen zittrigen Atemzug aus. „Ich habe mich heute Morgen mit meiner Agentin getroffen. Sie hat mich gefragt, ob ich in euch verliebt bin." Er hielt inne. „Ich glaube, die Begegnung mit euch beiden hat mich gelehrt, wie man liebt."

Julian hielt in Erwartung der Worte den Atem an, und Jim

konnte die Anspannung in ihm förmlich spüren. Jim nahm ihre Hände in seine. „Und ja, ich liebe euch auch."

In dem Moment, in dem ihm die Worte über die Lippen kamen, eroberte Michael Jims Mund in einem leidenschaftlichen Kuss und machte Sekunden später Julian Platz.

Als sie sich zurücklehnten, bebte Jim. „Ihr müsst Geduld mit mir haben. Wenn es um Beziehungen geht, ist das–"

„Neuland für dich." Julian nickte. „Das wissen wir. Aber vergiss nicht, für uns ist es das auch. Wir haben das auch noch nie gemacht." Als Jim ihn sichtlich überrascht ansah, lächelte er. „Kristofer hat nie bei uns gewohnt."

„Ich weiß, ich habe ihn *den Jungen, der geblieben ist* genannt", fügte Michael hinzu, „aber die Wahrheit ist, dass er nur ab und zu blieb. Ich habe auch gesagt, dass wir die Käfigtür offen ließen, weißt du noch? Das Problem dabei ist, dass der Vogel manchmal für eine Weile wegfliegen möchte. Wir wollten mehr, aber haben ihm das nie gesagt."

„Und er ist nie mit einem Auto vorgefahren, das mit all seinen Besitztümern vollgestopft war." Julian schluckte. „Allein das zu sehen? Ich hätte weinen können."

„Valerie hat gesagt, dass ich mich im Wissen, dass es vielleicht nicht für immer hält, darauf einlassen muss."

„Und sie hat recht", sagte Michael mit sanfter Stimme. „Es gibt keine Garantien im Leben. Wir müssen nur daran denken, über das zu reden, was wir auf dem Herzen haben. Wenn dich etwas stört oder dich beunruhigt, dann sag es."

„Ich bin sicher, dass wir alle Zeit brauchen werden, um uns einzugewöhnen", murmelte Julian. „Aber vergiss nicht, was uns verbindet."

Jim nickte. „Die Liebe."

Julians Herz fühlte sich an, als würde es gleich

zerspringen. „Tut mir leid, aber diese Couch reicht nicht aus. Ich möchte dich in meinen Armen halten, dich küssen, dich berühren."

„Ist in eurem großen Bett immer noch ein Platz in Jim-Größe frei?", fragte Jim mit einem schüchternen Lächeln.

Michael stand auf und hielt ihm die Hand hin. „Warum gehen wir nicht hin und finden es raus?"

„Aber was ist mit meinen ganzen Sachen draußen im Auto?"

Julian lachte. „Die sind morgen früh immer noch da – es sei denn, die Bären und Eichhörnchen beschließen, Ermittlungen aufzunehmen, weil ihnen etwas da drin wirklich gut gefällt. Wir haben oben eine neue Zahnbürste für dich, keiner von uns trägt einen Pyjama... Gibt es irgendetwas, das du heute Abend dringend brauchst?"

Jim schüttelte den Kopf und Michael zog ihn von der Couch hoch. Er führte Jim zur Treppe, und Julian folgte ihnen. Als Buster ihnen ebenfalls folgte, beugte sich Julian hinunter und streichelte den kleinen Hund.

„Ich denke nicht, dass dies ein *Alle knuddeln Buster*-Abend wird", sagte er leise. Dann eilte er Michael und Jim nach. Als er im Schlafzimmer ankam, stand Jim am Fußende des Bettes und starrte die Wand an.

„Auf die Gefahr hin, mich zu wiederholen... Oh, mein Gott."

Julian trat zu ihm und legte ihm die Hand auf den Rücken. „Ich dachte, das Porträt unserer Freunde Ben und Anthony wäre das beste Werk, das ich je geschaffen habe." Er wies auf die quadratische Leinwand. „Das hier übertrifft es." Es war anders als alles, was er je in Angriff genommen hatte: Sie lagen alle drei im Bett, von der Hüfte aufwärts dargestellt, aber Jim lag zwischen ihnen beiden, und Michael über ihm, die Muskeln seiner Arme angespannt.

Jim überlief ein Schauer. „Es ist, als hättest du... uns alle mit der Kamera eingefangen, und zwar den Moment, in dem wir...“

Julian nickte. „Das war meine Absicht.“ Er betrachtete auf sein Werk. „Ich glaube, ich bin nur zum Schlafen aus dem Studio gekommen. Ich musste es fertigkriegen. Vor drei Tagen war ich soweit. Und seitdem habe ich nicht aufgehört, es anzuschauen.“

Jims Augen leuchteten. „Ihr beide... Ihr seid *so* talentiert.“ Dann senkte er den Blick auf das Bett.

„Sag mir, was du denkst.“

Jim schluckte. „Gibt es... Regeln?“

Er blinzelte. „Regeln wofür?“

„Na ja... Müssen wir jedes Mal, wenn wir einander lieben, zu dritt sein? Ich meine, du hattest doch die Regel, nur gemeinsam zu spielen, oder? Sagen wir, ich wollte zu Michael ins Studio gehen und... rummachen. Wäre das in Ordnung?“

Julian runzelte die Stirn. „Warum sollte das nicht in Ordnung sein? Nur würde ich das natürlich irgendwann auch für mich in Anspruch nehmen wollen.“

Michael trat zu ihnen. „Wie kommst du darauf?“

„Etwas, das ich gelesen habe, als ich... weg war.“

Julian verbiss sich ein Lächeln. „Was zum Teufel hast du denn gelesen?“

„Es war ein Liebesroman über schwule Ménage-Beziehung. Nenn es... Recherche. Und sie durften nur ficken, wenn sie alle drei zusammen waren.“

Michael gluckste. „Nein. Keine derartigen Regeln. Die einzige Regel, die es hier gibt? Ehrlich miteinander über das sprechen, was wir wollen, was wir brauchen...“

„Nein“, sagte Julian plötzlich. „Er hat nicht ganz unrecht.“ Als sie sich beide zu ihm umdrehten, nickte er. „Ich würde vielleicht eine Regel hinzufügen, dass, wenn zwei von uns sich lieben... es okay ist, wenn der Dritte zuschaut." Er grinste.

„Und über Tests müssen wir auch reden." Jim schaute von Michael zu Julian. „Ihr lasst euch regelmäßig testen, richtig? Also muss ich auch damit anfangen."

Als er verstummte, umfasste Julian Jims Kinn. „War's das? Keine weiteren Fragen?"

„Im Moment nicht. Ich bin sicher, es wird noch andere geben, aber jetzt will ich das, wovon ich seit zwei Wochen träume." Jim beugte sich vor und küsste Julian auf die Lippen, dann tat er dasselbe bei Michael.

Dann wurde Michaels Gesichtsausdruck ernster. „Bist du immer noch unser Junge?"

Jims Atem stockte. „Immer noch euer Junge, Daddy."

Das mussten die süßesten Worte aller Zeiten sein.

Während sie sich küssten, setzte Julian sich rittlings auf Michaels Becken und Jim zog eine Spur aus Küssen über Julians Rücken. Als er Julians behaarte Spalte erreichte, griff Julian hinter sich und spreizte seine Pobacken.

„Bereitest du mich vor?"

Jim lächelte. „Ich bereite euch beide vor." Er leckte über Julians Loch, legte eine Hand um den Ansatz von Michaels Schwanz und bearbeitete den seidigen Schaft. Dann nahm er ihn in den Mund und genoss Michaels lusterfülltes Stöhnen. Jim wechselte zwischen ihnen hin und her, schob seine Zungenspitze tiefer in Julians Wärme, dann saugte er an Michaels dicker, praller Eichel, während er Julians Loch reizte. Er verteilte Gleitmittel auf Michaels Schwanz, brachte ihn in Position, und Julian ließ sich darauf sinken, während Jim über Julians Haut leckte und sie küsste, wo sie sich eng um Michaels Glied spannte. Dann veränderte Jim seine Stellung, kniete sich neben Julian aufs Bett, die Arme um ihn gelegt, und küsste seine Lippen, seinen Hals, seinen Nacken, seine Schultern, während Julian sich vor und zurück wiegte und sich gemächlich auf Michaels dickem Schaft fickte.

„Ich liebe es, euch beim Küssen zuzusehen", sagte Michael leise und hob seine Hüften an. Julian ließ den Kopf in den Nacken fallen und Jim presste die Lippen auf Julians Hals, küsste und saugte, was Julian ein Stöhnen entlockte, das wiederum das Blut in Jims Schwanz schießen ließ.

Sie verharrten nicht lange in einer Position, und das machte es perfekt. Jim wollte seine Seele mit all den zwischen ihnen möglichen Stellungen und Kombinationen füllen: Wie er Julian nahm und in ihn glitt, während Michael Jim bis zum Anschlag ausfüllte; wie Jim Michaels Schaft ritt, während Julian Jims Schwanz bis zur Wurzel schluckte; wie Michael seinen Schwanz in Julians Körper schob, während Jim neben Julian lag und sie sich küssten und Michaels Finger gleichzeitig in Jims Arsch steckten und seine Prostata massierten, bis Jim vor Lust schrie; oder dieser herrliche Moment, als Jim auf dem Rücken lag, Julians Schwanz in seinen Mund hinein und wieder aus ihm heraus glitt, während Julian und Michael sich küssten, und Jim kam, ohne dass sein Schwanz berührt wurde.

So viele Küsse, die es nachzuholen galt.

Noch bevor sie das Bett erreicht hatten, war Jim klar gewesen, dass er eines noch einmal erleben wollte. Er drückte Julian sanft auf den Rücken, setzte sich dann rittlings auf ihn und griff hinter sich, um Julians dicken

Schwanz in sein Loch zu dirigieren. Jim stützte sich mit den Händen ab und sah Julian in die Augen.

„Ich will euch beide. Ich will meine beiden Daddys in mir spüren."

Julians Atem stockte, er schlang die Arme um Jims Hals und zog ihn für in einen leidenschaftlichen Kuss, der ihm die Luft raubte, zu sich herunter. Michaels Hand lag sanft auf seinem Rücken, drückte ihn nach unten, und dann war er da, sein heißer Schwanz schob sich langsam in Jims Körper. Julian lag regungslos unter ihm, und Jim konnte seine Freude nicht eine Sekunde länger zurückhalten. Er wollte weinen, als Michael in ihn glitt, er fühlte sich so gedehnt und so geliebt.

Und als sie in ihm kamen, Jim zwischen ihren Körpern eingekeilt, und beide Männer ihm Worte der Liebe zuflüsterten, konnte er die Tränen nicht zurückhalten.

Zum ersten Mal in seinem Leben war er wirklich zu Hause.

Ende

Nächstes von KC Wells

<u>Der Schone im Zug</u>

Ich bin hetero. Warum also habe ich ja gesagt, als mich ein schwuler Typ im Zug um ein Date bat? Und wieso freue ich mich so darauf, ihn wiederzusehen?

Okay, nochmal von vorn …

Ich *dachte*, ich wäre hetero, die ganzen sechsundzwanzig Jahre meines bisherigen Lebens. Ich bin mit Frauen ausgegangen, habe mit Frauen geschlafen. Und ja, gelegentlich habe ich mich gefragt, wie es wäre, mit einem Kerl zu experimentieren. Haben wir doch alle, oder? Wenigstens ein, zwei Male? Allerdings habe ich nie mehr getan, als kurz mal darüber nachzudenken.

Aber nach der Unterhaltung mit ihm …

Ich weiß immer noch nicht, warum ich ja gesagt habe. Er hat nicht einmal mit mir *geflirtet* – na ja, jedenfalls nicht sehr. Wie haben uns nur unterhalten. Und dann hat er mich um ein Date gebeten.

Okay, ich würde also eine neue Erfahrung machen. Damit kann ich umgehen. Aber was, wenn er mit mir schlafen will? Was dann?

Ich bin nervös. Ich bin verwirrt. Und was das Hetero-sein angeht …

Ja, ich fange an, das zu hinterfragen. Sehr sogar.

Und ich kann es kaum abwarten bis Samstag, wenn ich ihn wiedersehen werde.

Mehr von K.C. Wells

Schuld
Schritt für Schritt

Dreamspun Desires
Der Verlobte des Senators
Als die Einsamkeit wich
My Fair Brady

Zum Ersten Mal Liebe
Gestern, Jetzt und Auf Ewig
Mehr als ein Sommer mit Rylan

Mord in Merrychurch
Lugen haben kurze Beine

Maine Men
Finns Fantasie
Bens Boss
Sebs Sommer

Salvation
Gebändigt

Collars & Cuffs
Herz Ohne Fesseln
Vertrauen in Thomas

Persönlich

Persönliche Entscheidungen
Persönliche Veränderungen
Mehr als Persönliche
Persönliche Geheimnisse
Streng Persönlich
Persönliche Herausforderungen

Persönlich - Die Komplette Serie

Jasons Befreiung
Mein Weihnachtsgeist
Ein Weihnachtsversprechen
Das Gesetz der Wunder
Verliebt in Santa Claus
Santas Geheimnisse

Southern Boys
Truth & Betrayal
Pride & Protection
Desire & Denial

Unverhoffte Liebesgeschichten
Lehre Mich
Vertrau Mir
Sieh Mich
Liebe Mich
Unverhoffte Liebesgeschichten Vol 1

A Material World
Spitze
Satin

Seide

Jeans

A Material World Vol 1 (#1-#3)

Sonne und Schatten

Kels Hüter

Sexting mit dem Boss

Damon & Pete: Spiel mit dem Feur

Der Schöne im Zug

Bären im Wald

Sieh zu und lerne

Holy hell – Wenn Engel und Dämonen Lieben

Sein verwöhnter Prinz

Für dich da

Über die Autorin

KC Wells lebt auf einer Insel vor der Südküste Großbritanniens, umgeben von wunderschöner Natur. Sie schreibt über Männer, die Männer lieben, und kann sich ein Leben ohne Schriftstellerei gar nicht mehr vorstellen.

Das Tatoo auf ihrem Rücken, eine Regenbogen-Rose mit den Worten „Liebe ist Liebe" und „Liebe siegt" ist ihre Art, eine Flagge zu hissen. Sie hat vor, noch sehr lange über die Liebe zwischen Männern – ob zärtlich und süß oder heiß und verrucht – zu schreiben.